Beer is terug

Van Helga Ruebsamen verschenen:

*Op Scheveningen**
*Olijfje en andere verhalen**
*De dansende kater**
*Het lied en de waarheid**
Jonge liefde en oud zeer - De verhalen deel 1
Jonge liefde en oud zeer - De verhalen deel 2

*In Pandora Pockets verschenen

Helga Ruebsamen

Beer is terug

PANDORA

Pandora Pockets maakt deel uit van
Uitgeverij Contact

Vierde druk

© 1999, 2002 Helga Ruebsamen
Omslagontwerp Annemarie van Pruyssen, Arnhem
Omslagillustratie Image Bank

NUR 311
ISBN 90 254 1975 8

www.boekenwereld.com

Inhoud

Drieluik met Dora
Postbode   9
Het viswijf   28
Ondergedoken   53

Pianoles   73

Margot met bril   79

Beer is terug   91

De verwarmingsmonteur   103

De Vrouwe Jacoba   123

Marlene   137

Briefkaarten uit Foulksmills   165

Het hondje van Veronica Lake   187

Een Haagse jongen   205

De laatste vraag   221

Drieluik met Dora

Postbode

De bel ging. Het was een uur of elf. Dora stond in haar peignoir in haar droomkeuken. Ze stond hier al een poosje, maar ze wilde eigenlijk niets. Behalve misschien weer terug naar bed, met alle dekens over haar hoofd.

Een paar uur eerder op deze grauwe winterochtend was Nils humeurig vertrokken omdat zij niets had kunnen verzinnen dat hem een erectie bezorgde. Ze was er nog te slaperig voor geweest.

'Heb je gisteravond toch weer te veel gezopen,' snauwde hij haar toe. Zwakjes had zij geantwoord, zo zacht dat hij het niet kon horen, want hij was al bijna de slaapkamer uit: 'Bij sommige mannen gaat het ook gewoon vanzelf.'

Hij had het toch gehoord. Hij kwam er zelfs voor terug, boog zich over haar heen en schreeuwde: 'Niet met een kouwe koe.'

Ze wist al langer dan vandaag dat het niet zo goed ging, met haar en Nils. Maar ze had niet geleerd, zoals talrijke mensen in haar omgeving klaarblijkelijk wel, hoe men een uitgeblust huwelijk nog tot de dood erop volgt in stand houdt.

Haar dag was bedorven. Ze had geprobeerd van welke kant ze haar huwelijk het beste kon beschouwen. Dacht ze terug aan hoe het vroeger was geweest, dan begreep ze dat veel was verloren, zo niet alles. Dacht ze vooruit, aan hoe het moest worden, de volgende twintig jaar, dan zag het er pas echt wurgend uit. Nils kon niets meer van haar verdragen. Als hij niet kwaad was over haar drankgebruik, dan minachtte hij haar omdat ze te veel rookte, en als ze de sigaretten met veel moeite had afgezworen, dan vond hij dat ze te veel vrat. Haar gewicht en omvang mocht ze weleens halveren, had hij haar zondagavond toegebeten, hij ging er nota bene tegen opzien naast zo'n mastodont in bed te schuiven, hij keek liever naar het laatste tv-journaal, met die leuke Pia Dijkstra.

'Zal ik dan spelen dat ik Pia Dijkstra ben, die het nieuws voorleest en dat jij dan als inbreker vermomd de studio binnensluipt en mij van achteren bespringt...?'

Hoe diep kon een mens zinken?

'Hm,' had Nils gezegd, 'van achteren, hm, dat zou nog gaan, met niet te veel licht erbij dan. Zeg, jij kunt haar stem toch wel een beetje nadoen, hè?'

Waarom was ze, meer dan een kwarteeuw geleden, toen ze trouwde met Nils, van ganser harte gestopt met haar kwakkelende loopbaan in het theater? Om beter voor haar man te kunnen zorgen? Ze speelde de laatste jaren meer en beter toneel dan ze op de planken had gedaan.

De bel ging nog eens, niet opdringerig maar heel decent.

Dora keek door de luxaflex, oei, een boeman stond voor de deur. Ze rilde ervan, maar het was de postbode, met een bivakmuts op.

Ze bestudeerde hem door de spleetjes van de zonwering, ze nam hem van top tot teen op, meer uit gewoonte dan uit veiligheidsoverwegingen. Ze kon aan de verleiding van een pakje toch geen weerstand bieden, daarom ging ze de deur hoe dan ook opendoen. Al zou het de laatste daad van haar leven zijn, al was ze nog in haar smoezelige peignoir. In de gang stelde ze zich voor hoe de dikke roodgekuifde postbode haar met een schot hagel in de onderbuik zou vloeren, hoe hij haar met zijn voet opzij zou schuiven, hoe hij vloekend voor de lege brandkast zou staan en uit woede haar dus alsnog verkrachten. Dan bloedde ze langzaam leeg op het marmer. Ze trok de zware buitendeur open en lachte zo breed als ze kon tegen de besteller, als om zich voor haar fantasieën te verontschuldigen.

In zijn armen hield hij een kolossaal pak.

'Goedemorgen,' zei hij, terwijl hij met ronddraaiende bewegingen van zijn hoofd eerst zijn neus, toen zijn lippen, vervolgens zijn tong en ten slotte zijn kin uit de opening van de bivakmuts wrong, 'ziezo, nogmaals een goedemorgen mevrouw, dit is een stevig pakket, dat ga ik even netjes voor u hier op dit nachtkastje zetten. O foei, dit is natuurlijk helemaal geen nachtkastje. Hoe komt een nachtkastje hier terecht? Het is uit de grote slaapkamer naar beneden gedold. Omdat dit kastje wat meer van de wereld wil zien dan alleen maar het rampetampen in bed. Seks, seks en nog eens seks, iets anders hoor je en zie je niet meer.'

Kon deze postbode, net als Nils, ook nergens anders meer over praten? Of had hij gewoon een slokje te veel genomen tegen de kou? Dat kon ze begrijpen. Terwijl hij sprak, wasemde haar de vertrouwde maar ook onheilspellende geur tegemoet van drank op een lege maag.

'Wat is het koud, hè?' riep Dora en trok haar gewaad vaster om zich heen.

De postbode ging zonder zich aan haar te storen zwaar ademend zijn gang. Hij stond in de hal met zijn rug naar haar toe en torste het pakket onder een arm. Met zijn andere hand rommelde hij in de binnenzak van de donkerblauwe parka waarin zijn gestalte zat verpakt.

Dora schoof snel naar voren, zodat ze langszij van hem kwam. Hij moest niet uit een binnenzak onverhoeds een Walther PPK te voorschijn halen. Ze moest op alles bedacht zijn.

Terwijl hij langdurig alle zakken doorzocht, keek hij door de glazen deuren de lange, betegelde gang in waar aan het einde haar heldere, blauw en wit betegelde keuken oplichtte. Hij tuurde er verlangend naar, als een matroos naar de wal. Verkleumde postbodes mochten niet in warme keukens aanleggen, dan kwam er van de bestellingen niets meer terecht. Dora had nog nooit een postbode bij zich durven uitnodigen, stel je voor dat er een nors neen zou klinken, alsof ze iets oneerbaars voorhad met haar onschuldige invitatie voor een kopje koffie of een mok soep. Melkboeren stonden erom bekend dat ze aan de deur niets weigerden. De melkboer had zich een reputatie verworven van straatkonijn. Hem uitnodigen voor koffie of soep stond gelijk aan het openlijk toegeven aan een verlangen naar ontucht. In deze buurt gebeurde het niet. Maar met postbodes misschien wel, omdat het genus nog onverdacht was. Waarom ging deze postbode niet weg? Ze stond te trappelen om het pakket te openen.

Misschien was het een kerstzending, dat zou mooi zijn. Bijvoorbeeld uit Noorwegen, een gerookte zalm of een stuk rendier, van welke goede gaven ze dan vanavond al een verrassend souper zou kunnen bereiden om Nils weer in een milde stemming te brengen. Zelf at zij liever geen vlees. Zij hield van onschuldige zoetigheden, zoals bonbons en taartjes. Haar Nils had daarentegen geen enkele moeite met het verslinden van enig medeschepsel.

De postbode draaide zich ineens om. 'Mooi huis is dit,' zei hij waarderend, een beetje plechtig zelfs. 'Ik mag zulke huizen graag. Het zijn net grote, uitgestorven dieren. Niet meer van deze tijd.'

'Och…' mompelde Dora. Ze wist niet wat ze hier eens op zou antwoorden. Maar wat maakte het uit, de man had een zachte, vriendelijke stem, het gezicht van een treurige speelgoedbeer. Het gaf geen pas, maar het was een postbode om te knuffelen.

Hij boog zich naar haar toe en keek haar in de ogen. Iemand die smeekt om begrip. Hij had helder oogwit en kastanjebruine irissen met een gouden gloed, zijn wimpers krulden en waren heel licht, goudachtig gekleurd, als bij een zwijntje. Zijn kaken bewogen voortdurend, ook als hij zweeg. De bewegingen gingen gepaard aan het geluid van een minieme beitel op kleine stenen. Dora liet haar laatste restje wantrouwen varen, een klappertandend tam zwijn trok geen mauser.

'Kopje koffie? Soep heb ik ook.'

'Ha!' riep de postbode, 'dan kan ik eindelijk de mooie keuken even zien.'

'Nou en of, het is een heerlijke keuken, geniet u er maar naar hartelust van.'

Omdat hij haar onverwachts met een krachtige hand bij de elleboog greep, vroeg ze zich af of ze te ver was gegaan met haar opmerking, waarmee ze overigens niets ongewoons had bedoeld, ze had niets willen suggereren, of wel? Wat moest de man eigenlijk wel van haar denken?

'Ik bedoel...' begon ze haastig.

'Maar ík bedoel,' onderbrak hij haar luid, 'eerst het werk, dan het meisje!' Hij drong zich langs haar heen terug naar de voordeur, die dicht was. Had hij die achter zich dichtgedaan of had zij de deur zelf gesloten vanwege de kou?

Hij had zich weer naar haar toe gekeerd. Hij leunde met zijn rug tegen de deur en overhandigde haar het pakket.

Hij zei: 'Dit is één. Wees zo lief om het even zelf op het nachtkastje te zetten, mevrouw. Maar dan zijn we er nog niet. Er is nog een pakje voor u bij en dat is wel zo schitterend dat ik het bij me heb gestoken om het niet in de grote hoop verloren te laten gaan. Maar het is dus anders: ik dacht, ik hoopte dat ik het bij me had gestoken. Dit pakje had dat wel verdiend. Enfin, niets aan te doen en hopelijk nog niets verloren, ik zal het hebben neergelegd op een apart, warm en veilig plekje in de wagen. Ik ga het halen en zeg dan gelijk even tegen mijn maatje dat hij...'

'Meteen!' riep Dora. 'Niet gelijk. Metéén. Hoewel, in dit geval kan gelijk misschien toch?'

'Wat het ook is, ik ben zo weerom,' zei de postbode, opgewekter ineens, 'ja, ik heb er echt zin in.'

Hij liet de voordeur ditmaal openstaan. Zij keek hem na, hoe hij wegliep, een beetje slungelig maar ook soepel, als een beer. Ze vond dat hij ook wel wat op een kerstman leek, al was hij misschien een boef. Of zat zij weer van alles te verzinnen om een beetje avontuur in haar saaie leventje te blazen?

Als kind had zij stug en stijf volgehouden dat zij de kerstman in het Haagse Bos had zien lopen, met over zijn ene schouder een dennenboom en over de andere een zak met een spartelend kind erin. Pappie was een paar keer met haar teruggegaan, in de namiddagschemer, om op hem te wachten, ze hadden met hun winterjassen hoog gesloten en met sjaals om hun hals gewikkeld lang op het bankje gezeten. Net zolang tot het helemaal donker was. Maar de kerstman had zich niet meer vertoond. Bijna op diezelfde plek in het Haagse Bos had zij een paar maanden later wel de paashaas gezien, een deftige lichtbruine verschijning met een mand vol geverfde eieren op de rug. Zij had het zich door niemand uit het hoofd laten praten.

Nog later, jaren later, was het Haagse Bos volgestroomd met kronkelende, bleke figuren, die over de grond krioelden en op elkaar kropen als maden en die soms kraaiden en dan weer hijgden, die met elkaar hadden geworsteld en elkaar hadden gepijnigd, zo leek het wel, maar die daarbij grootse juichkreten ten hemel hadden gezonden.

Deze taferelen had ze nooit zelf kunnen verzinnen, maar ze had er ook nooit aan iemand iets over verteld.

De deur van de vestibule zette ze vast, dan begreep de postbode wel dat hij kon doorlopen. Het pakket droeg ze naar de keuken, ze liet het bijna uit haar handen vallen omdat er alweer werd gebeld, maar meteen daarop klonk zijn bronzen stem door de gang: 'Niet schrikken, mevrouwtje, ik ben het, helaas met slecht nieuws.'

Slecht nieuws? Ze voelde zich hol worden, slecht nieuws kon ze absoluut niet verdragen, ze moesten het maar verpakken in mooie woorden, wegvijlen, bijpunten, ze lieten het wat haar betreft maar helemaal achterwege. Als je de wereld, de mensheid en al het reilen en zeilen op de keper beschouwde, bestond er uitsluitend slecht nieuws, men kon het evengoed geheel buiten beschouwing laten.

'Dromelot?' De postbode wuifde zijn hand even op en neer voor haar ogen.

Dora vermande zich en vroeg of hij koffie wilde of thee.

'Had ik zonet iets over soep horen verluiden?'

'O ja, soep heb ik ook, broccolisoep.' Ze opende de diepvrieskast en ratelde ondertussen door over broccoli, dat merkwaardigerwijs altijd zo goedkoop was in de winter. 'Volgens mij is het een Italiaanse groente en ik weet hoe warm het daar kan zijn nog in december ook.'

'Is het een kerstpakket?' Hij duidde er met zijn kin naar. Voor zij kon antwoorden, ging hij verder en al pratend legde hij plechtig zijn hand op het nog niet uitgepakte pakket. Al pratend streelde hij het en gaf er geruststellende klopjes op. 'Het komt wel goed, het komt wel goed.'

Dora hoopte dat ze intussen de goede diepvriesdoos te pakken had. Ze was vergeten de broccolisoep te etiketteren, ze vergat altijd de levensmiddelen die ze in de diepvries deed te etiketteren en ze werd voor de zoveelste keer weer onredelijk kwaad op Vivienne, die dat van tijd tot tijd heel nauwkeurig voor haar deed. Waar bemoeide Vivienne zich mee? En als ze zich er dan toch mee bemoeide, waarom was ze het dan deze keer vergeten? Ze was dit weekeinde nota bene nog thuis geweest. Was dit een test van haar om uit te vinden of Dora nog wel opmerkte wat er om haar heen gebeurde? Dacht ze soms dat haar moeder aan het dementeren was?

'Nee mama, dat denk ik niet! Je drinkt gewoon te veel, dat is alles.' Vivienne voorzag de ingevroren spullen van etiketten, waarop ze niet alleen de aard van het voedsel en de dag van invriezen maar ook de uiterste houdbaarheidsdatum schreef. Hoe kwam slordige Dora aan zo'n dochter, die zo zorgzaam was en zo precies? In plaats van voortdurend te mopperen en te katten moest ze het lieve kind loven en prijzen.

'Traantjes?' De postbode kwam, in een waas, met zijn dikke jas in zijn armen en de bivakmuts in de hand, naar haar toe gewandeld, hij had halflang krullend haar, grijzend aan de slapen. 'Zo belangrijk is zo'n pakje nou ook weer niet, want heus mensje-lief, geloof me, bij ons raakt nooit niets weg. Ik bedoel natuurlijk niet bij ons, ik bedoel bij PTT-post. PTT-post vergoedt bovendien ruimschoots alles wat ze heb zoekgemaakt.'

'Heeft,' fluisterde Dora. Hij scheen het niet te horen en bleef vaderlijk op haar inpraten. Dora week terug en sloeg haar ogen neer, waardoor ze zag hoe, terwijl hij zijn jas op een stoel legde, er een goudkleurig schitterend pakje uit gleed en op de grond belandde.

'Kijk daar eens,' mompelde ze met verstikte stem.

'Kip ik heb je. Pak hem beet!' De postbode bukte zich, kwam hoogrood naar boven en overhandigde Dora het pakje. 'Als dat geen dubbele en dwarse verrassing is, weet ik het ook niet meer.'

Dora zwoer, even later, bij zichzelf dat ze zich dit allemaal van seconde tot seconde haarscherp kon herinneren. Ze zou het tot in elk detail kunnen beschrijven. Onder ede bovendien, indien ooit nodig.

Hoe zou ze het vertellen aan Nils?

Ik had geen druppel gedronken, maar die arme man zag eruit of hij dringend aan een hartversterking toe was. Toen heb ik ook maar een opkikkertje genomen, om hem gezelschap te houden.

'Nee, nu niet gelijk gaan uitpakken.' De postbode nam haar het pakje weer af en ging tegen het andere, het grotere, aan staan alsof hij het wilde bewaken. 'Nu hebben we zo lang moeten reikhalzen, nu houden we het nog maar eventjes vol tot we de soep op tafel hebben.'

'Moet ik er nog een feestjurkje bij aantrekken?' Ze durfde weer, zo opgelucht was ze dat er dus geen echt slecht nieuws was en dat het pakje was gevonden. De postbode leek haar een man om het hele huis te gaan doorzoeken als hij het niet had kunnen vinden.

'U heb geen feestjurkje nodig, u ziet er allemachtig mooi uit,' zei hij stralend.

'Heeft of hebt? Nee, u heeft is het,' verbeterde Dora met opgeheven pollepel.

'U bent vast en zeker lerares.'

'Nee, nee en nog eens nee.'

'Lerares Nederlandse taal.'

'Nee hoor.'

'U spreekt de woorden zo mooi uit. U zou lerares moeten zijn. Of tv-omroepster! Nieuwslezeres, ja, dat is het. Bent u nieuwslezeres?'

Hij moest eens weten. Als hij wist wat zich hier in huis soms afspeelde, waartoe zij zich verlaagde, als hij het wist, dan zou hij haar met afgewend hoofd voorbijgaan. Spugen op de plek waar zij had gestaan.

'Heb u eerlijk nooit voor de klas gestaan?'

'Heb u... hééft u, hoort u wel? U hééft is het.'

De postbode herhaalde traag: 'U heeft is het.'

'Het is u hééft.'

Hij had zijn armen over elkaar geslagen, zijn dikke onderlip vooruitgestoken en als een braaf schoolkind zat hij daar, aan haar geschuurde blankhouten tafel. Dora zag dat hij een rode trui droeg, van dezelfde kleur en wol als zijn muts. Ze wist zeker dat beide voor hem waren gebreid door zijn moeder. Jonge vrouwen brachten nog niet het geduld op voor zo'n gecompliceerde fantasiesteek als die waarin de kledingstukken waren uitgevoerd.

'Talen zijn mijn fort niet, nooit geweest ook, hoewel ik altijd probeer mij zo zuiver mogelijk uit te drukken,' zei de postbode, 'maar om de waarheid te zeggen ben ik meer een man van de techniek en mag ik in één moeite door bekennen dat ik geen brievenbesteller ben? Ik help mijn zoon die in werktijd met zijn doodzieke hond naar de dierenarts moest.'

Dora roerde gewoon door in de soep, ze wilde zich nergens meer over verbazen. Haar gast, die dus geen postbode was, zat haar goedig aan te kijken.

Ze liep op hem af met de lepel in haar hand, alweer tranen in haar ogen, een openvallende peignoir misschien, maar wel zo onbevangen mogelijk. Hoe nu verder?

'Hoe heet u eigenlijk?' vroeg ze.

Hij sprong op, hij was dikker dan zij had gedacht, ouder ook, onbeholpen een beetje. Geen wonder dat hij pakjes zoekmaakte.

'Lucas Visch met ch. Visch met ch. Het is mij een eer en een genoegen om kennis met u te maken, mevrouw, draaien wij een muziekje onder het eten?'

Dora gooide de lepel achter zich op het aanrecht en stampte met haar hiel op de grond.

Een vreemdeling wilde de dienst in haar keuken uitmaken. Een muziekje wilde hij draaien. Hij had zijn hoofd richting radio bewogen. Niets laten merken.

'Welk genre?' vroeg ze koeltjes, met opgetrokken

wenkbrauwen. Ze overwoog om hem haar hand aan te reiken als een filmvorstin, slap neerhangend en de handrug naar buiten gekeerd, klaar om de kus te ontvangen, die er net niet mocht worden op gedrukt, de lippen van Lucas Visch moesten er rakelings langs scheren.

Iemand die 'u heb' zei, zou waarschijnlijk ook niet op de hoogte zijn met deze fijnere staaltjes van etiquette en hij zou plompverloren een smakzoen op haar hand plakken of, onbehouwener nog, eraan gaan kluiven en sabbelen. Dora betrapte zich op het verlangen om door Lucas Visch te worden afgekloven, niet slechts haar hand, maar het ganse geheel, van zolen tot kruin.

Al die tijd stond ze roerloos. Ze hoorde gelaten aan hoe de broccolisoep blazend overkookte. Lucas Visch sloeg aan het ruimen en redderen. 'Waar ken ik soepkommen vinden?' Hij wrong het gootsteendoekje uit onder de kraan. Hij vroeg behulpzaam: 'Mevrouw, nemen we de kommen of doen we borden?'

'Ik wou dat ik even kon gaan liggen, ik voel me zo draaierig, ik heb vannacht geen oog dichtgedaan.'

'Dat hebben we allemaal weleens,' kwam Lucas Visch haar begrijpend tegemoet en als vanzelfsprekend legde hij een arm om haar middel en leidde haar weg van de tafel. 'Gaat u gerust even plat, ik doe de soep. Is deze rustbank vol kussens niet uitstekend geschikt voor een tuk? Wat geinig, zo'n driezitter in de keuken.'

'Ik lees er mijn kookboeken en wacht er op het gaar worden van de... eh... eh...' Haar stem kraakte, ze voelde zich onwezenlijk licht, niet onaangenaam maar onaards. Zou het zo zijn als men ging sterven, dan viel dat in ieder geval mee. Nog steeds was het pakket op tafel niet uitgepakt en het glinsterende pakje erbovenop loerde haar met vragende oogjes aan.

De stemming in de keuken was echter al te garstig geworden, vond Dora, om nog te beginnen aan deze edele kerstpakketten. Ze gaf eerlijk toe dat het allemaal haar schuld was; zij met haar peignoir, die ze evengoed niet aan had kunnen hebben, waaruit haar voze vlees puilde, dat Lucas Visch aaide, waaruit haar vrouwelijke kenmerken te voorschijn bolden, die Lucas Visch liefkoosde, alles kwam in kwabben en puilde en rolde er maar uit, zoals bij een vuilniszak waar een scheur in zit. En wat rook ze onfris, want ze had zich nog niet gesoigneerd vandaag. Maar wat beefde ze van afschuw en genot. Ze had vandaag alleen nog maar sigaretten gerookt en zwarte koffie gedronken en toen Lucas Visch eindelijk, na hun onstuimige langdurige als in een droom zo schuldeloze en onvermijdelijke omhelzing, de grasgroene soep in een wit bord onder haar neus zette, begon ze te kokhalzen en vervolgens gaf ze over. Luidkeels, niet te stuiten, als een hond die zijn zojuist genuttigde kweekgras weer op braakt.

'Het pakket,' kon ze nog stamelen. Hij begreep haar verkeerd en in plaats van het weg te zetten, zodat het niet zou worden ondergespetterd, zei hij gemaakt vrolijk: 'Ja, laten we de pakjes eens even openmaken, goed idee, laten we nou verstandig zijn en eerst maar eens even de pakjes doen.' Hij stond op van de divan om zijn donkerbruine manchester broek weer aan te trekken.

'Nou, dan maar de pakjes,' riep hij nogmaals, terwijl Dora zich struikelend naar de gootsteen begaf.

'A hair of the dog, dat is onze redding.'

Wie van de twee het hoge woord eruit liet komen? Dora zou het zich niet kunnen herinneren. Het deed er niet toe. Het is heel goed mogelijk dat zij er geen van beiden over begonnen maar zonder woorden begrepen dat het er tijd voor was. Wie behoort tot het geheime genootschap van drinkers, heeft de taal van luide, uitgesproken woorden helemaal niet nodig. Beter van niet zelfs, elk woord kan de betovering verbreken.

Lucas Visch had in zijn parka een halve liter jonge jenever zitten. Dat verbaasde Dora niet meer. Het paste goed bij zijn verhaal over zijn zoon en de doodzieke hond, welk verhaal trouwens alleen maar waar kon zijn, zoiets verzint een mens niet, al was de hond misschien wel meer verwend dan doodziek. Doodziek was de vrouw van Lucas geweest en ze was een halfjaar geleden gestorven, had hij haar verteld. Lucas Visch had verlegen gemompeld dat Dora de eerste was in een heel jaar. Hij had in geen heel jaar meer een vrouw beroerd. Dora opperde dat vader en zoon die hond misschien plaatsvervangend vertroetelden. 'Heb je daar weleens aan gedacht, Lucas? Dat jullie eigenlijk nog steeds met jouw vrouw bezig zijn en daarom al jullie liefde en aandacht, die voor haar zijn bestemd, in een hond investeren?'

'Ik ben blij dat ik het weet,' zei Lucas. 'Het goede mens had nog meer aandacht en liefde wel verdiend en de hond wordt er niet minder van.'

'Wat een geluk dat die fles niet op de grond is gekeild!' zei Dora damesachtig. 'Zo'n fles komt de postbode maar wat goed van pas als zijn klantjes onwel worden.'

'Luister, vrouwtje, waar was je nou zo bang voor daarstraks? Je beefde als een rietje voor we begonnen. Ben je niet meer bang nu? De mens lijdt dikwijls nog het meest door het lijden dat hij vreest doch dat nooit op komt dagen zo heeft hij meer te dragen…'

'Dan God te dragen geeft. Het hing bij ons ergens in een gang, op de allerlaatste verdieping, je moest erlangs als je naar zolder ging, maar het is niet altijd waar.'

'Het hangt bij ons nog in de gang. Parterre. En het leed is wel degelijk komen opdagen. Het leed is wel komen opdagen.'

'Lucas Visch, we kunnen het ook nog wel een keer op het aanrecht doen. Heb je het weleens geprobeerd op een aanrecht?'

'Deed Marlon Brando dat niet, in *Last Tango*? Of was het in een lift? Het is zo lang geleden. Maar ik wil alles wel proberen, lieve schat. Ik voel mij eindelijk weer een beetje gelukkig vandaag, echt waar.'

'Hier is een wodkaatje boven op een bodempje jenever. Nazdarovje!'

'Kom toch alsjeblieft nog even lekker tegen me aan, schat.'

Dora had echter besloten Lucas Visch weer van zich te vervreemden.

De eigen ellende is vertrouwd en lijkt daarom veilig. Beter dan onbekend geluk dat zomaar op de stoep staat of dat een mens letterlijk in de schoot wordt geworpen.

'Goed, wijfje, als jij wilt dat ik ga, dan ga ik wel.'

Hij knikte berustend met zijn grote hoofd. Nee, zag Dora, van het rode haar dat hij getuige de rest van zijn beharing eens moest hebben gehad, was op zijn hoofd geen draad meer over, het was daar een en al peper en zout, maar zijn gezicht zat onder de jeugdige oranje-gele sproeten en in zijn snorrenbaard zaten ook nog hele stukken rood die het lang hadden volgehouden. Vlammend rood.

'Rood haar en elzenhout zijn op verkeerde grond gebouwd.'

'Wat is er dan mis met elzenhout?' vroeg Lucas Visch goedmoedig.

'Ben je vroeger erg geplaagd met je haarkleur?' vroeg Dora gauw. Inwendig was haar rust weergekeerd. De organen waren voldoende in een staat van opschudding en daarna vermoeienis gebracht om niet meer te kunnen opspelen. Nu moest eerst die namaakpostbode de deur uit en dan ging zij meteen onder zeil.

De dag was nog lang genoeg om volledig van deze ochtendaanval te kunnen genezen. Vanavond heel laat, na het feestje dat haar te wachten stond, zou zij een verrukkelijke Sheherazade kunnen spelen voor Nils, waarvoor zij deze keer niets uit haar duim hoefde te zuigen, het verhaal was haar immers al op een presenteerblaadje aangeboden: 'Huisvrouw door postbode op aanrecht aangerand en verkracht.' Nils zou zich niet hoeven beklagen over haar inzet.

Lucas Visch draalde. Hij versomberde met de minuut.

'Ik ben ontzettend gepest. Vuurtoren was nog wel het minste. Peggy heeft toen voor mij haar haren gebleekt en zij werd ook rood. Eerst was ze natuurlijk zwart. Prachtig diepblauw zwart. Dat is ze tot het eind toe gebleven, haar stoppeltjes dan.'

'Peggy? Wie is Peggy?'

'Mijn vrouw. Of moet ik zeggen mijn ex-vrouw? Nee, ze is nog steeds mijn vrouw, ook als ze dood is. Juist omdat ze dood is, is ze des te meer mijn vrouw, zou ik zeggen. Maar waarom kan ik dan subiet hertrouwen, gesteld dat ik dat zou willen? Ik hoef niet eens driehonderd dagen te wachten.'

'Hoor ik daar een auto op de inrit?'

'Het zal Daan zijn die weer terug is met de hond.'

'Dan gaan jullie zeker gauw verder met post bezorgen?'

Lucas Visch had zijn jas alweer aan, ook de lege fles had hij tactvol bij zich gestoken; hij was niet in die mate ontspoord dat hij een ander met de lege flessen liet zitten.

Zijn muts hield hij in de hand. Zou hij haar een afscheidszoen willen geven, al was het maar op de wang? Hij maakte geen aanstalten.

Dora onderdrukte de neiging zijn arm te pakken en zijn hand weer op haar borst te leggen. Maar zijn houding was gentlemanlike en bewees dat wat hem betreft het tête-à-tête in de keuken voorbij was. Hij zou er tegenover niemand met een woord over reppen hoe hij haar had bedolven onder brandende kussen, haar helemaal had schoon gelikt omdat ze zich nog niet had gewassen, hoe hij haar op de tafel had neergevlijd en aandachtig in haar op en neer had gestoten met een lid als een deegroller.

'Als een deegroller! Wat zeg je me daar! Je durft wel veel te beweren, mijn liefje!'

'Nils, ik zweer het je, de postbode had een pik van minstens dertig centimeter lang en zeker wel zes centimeter doorsnee minstens en zo hard als ebbenhout, zo hard...'

'Nou, maar kijk jij dan eens even hier, stoute meid!'

'Oooh,' zou ze uitroepen, vol bewondering en alvast lichtjes kreunend zou ze 'Aaah' roepen, alsof de oude, vertrouwde lul van Nils haar na al die jaren nog in een staat van vervoering bracht.

In de tijd dat Dora en Lucas in de keuken hadden liggen nietsnutten, was het gaan sneeuwen.

Wat een verrassing, sneeuw was het enige winterweer waarvoor Dora met graagte de deur uitging. Zoals ze was, blootsvoets, loshangend haar en met niets anders aan dan haar openvallende, gewatteerde peignoir, rende ze de voortuin in. Ze voelde de kou niet, de nattigheid niet, ze klapte in haar handen en kraaide als een kind: 'Sneeuw sneeuw sneeuw.'

In het rode autootje op de inrit zat een donkere jongen naast een rottweiler, die tegen hem aanleunde. De jongen had zijn armen om de hond geslagen, die er triest en krakemikkig uitzag. De jongen zat te huilen en de zieke hond likte bedachtzaam de tranen van zijn gezicht.

Het viswijf

Dora luisterde met een half oor naar de opgewekte gesprekken om zich heen. Ze luisterde beleefd en hoopte dat ze op de goede ogenblikken 'Aha!' en 'Gossiemijne!' riep.

Intussen volgde ze haar eigen gedachten.

'Het is 6 januari, buiten ligt sneeuw, ter meerdere opluistering van het driekoningenfeest. Het is een heerlijke dag. Ook al doet niemand meer aan Driekoningen zoals het eens werd gevierd. Nils weet nog wel hoe je Driekoningen moet vieren, ik niet. Wat ik weet, is dit: op de dag van Driekoningen mag de kerstboom weg! Eindelijk mag die verdomde boom de deur uit, al staan we er nu nog even met zijn allen omheen te ouwehoeren. Of had ik hem al moeten lozen? Hij gaat bij het vuil, zoveel is zeker, ik ga hem niet nog eens onttakelen en inpakken en naar de kelder brengen, waar hij met hangend hoofd gaat zitten wachten tot kerst volgend jaar. Ik heb een heel huis vol wezens en spoken die zitten te wachten op het kerstfeest van volgend jaar. In de diepvries zit een rendier, met opgetrokken knieën omdat er geen plaats voor hem is. Waar zou ik de boom moeten laten? De kerstboom, die de hoofdrol speelt in het feest en daarom steeds lastiger wordt, die zich niet meer laat opvouwen en terug stoppen in de doos waarin hij hier is binnengekomen. Ook al is hij van hagelwit plastic, twee meter hoog, vol zilveren decoraties designed by Arno Amundsen, ik ga hem first thing in the morning buitenzetten, de twee snoeren elektrische verlichting er keurig opgerold onder en daarnaast zijn doos, die te klein is geworden. Onder de kerstboom, aan de rand van de stoep, alle ongewenste en ongeopend gebleven cadeaus. In de keuken ligt een gerookte zalm te verpieteren en in de diepvries zit het stille rendier, dat pas vandaag is gekomen. Vanochtend kwam de postbode ermee aan, het dier zat vastgesnoerd in een stevig pakket. Een half rendier uit Noorwegen, bedoeld voor de kerst, en nu moet het in het eeuwige ijs wachten tot de volgende kerst. Als ik dat had geweten, had ik de postbode mooi laten staan. Onverrichter zake was hij met het pakket vertrokken. Nog een of twee keer was er een poging gewaagd om het aan mijn deur kwijt te raken, daarna zou het drie weken lang op het postkantoor zijn blijven liggen om ten slotte, eindelijk, godzijdank, retour afzender te gaan. Dan was het dier naar zijn vaderland teruggekeerd. Of het kwam, wanneer God zich ermee ging bemoeien, terecht in Afrika, waar ze er wel weg mee zouden weten. Het moest verplicht gesteld worden om zulke ongevraagde zendingen levensgroot te voorzien van de naam van de afzender, de naam vermeld in een zodanig formaat letter dat deze vanaf een behoorlijke afstand gemakkelijk kan worden gelezen. Overigens is het bijna altijd beter om ten aanzien van pakjes en geschenken in het ongewisse te blijven, zowel over inhoud als over gever, en iedere tweestrijd daarmee te voorkomen. Het beste is om nooit open te doen als er onverwachts wordt gebeld. Nieuwsgierigheid of beleefdheid werkt een mens maar al te vaak in de val.

De postbode droeg een vuurrode bivakmuts en hij stampte op het ijzeren matje lawaaiig een zielig beetje sneeuw van zijn bergschoenen af. Het matje gaat weg. Met de elegant opgetuigde kerstboom mee en de andere verrassingsartikelen, met de vuilnismannen van morgen mee, of met de liefhebber die eerder zijn slag slaat. Ditmaal zal ik weerstand bieden aan de oerdegelijke burgerlijkheid en de daarbij behorende trouwhartigheid van het ijzeren deurmatje. Zeker al zes keer heb ik het net op tijd teruggehaald, behoed voor Endlösung. Het smeekt telkens op hartbrekende wijze om te mogen blijven, waarbij het wijst op zijn onmisbaarheid in tal van gevallen. Platgelegd voor de deur houdt het smeertroep buiten en zo nodig boosaardige mensen, helaas ook vriendelijke, onschuldige dieren. Anderzijds houdt het als klein hek, overeind geplaatst, schattige jonge dingen binnen, poezen, honden en kinderen. In de zomer kan het dienst doen als rooster op de barbecue van de praktische gastvrouw, simpelweg geplaatst boven op twee stapeltjes stenen.

Voor vanavond heb ik een worteltaart met een zilveren boon erin. Wie de boon treft, krijgt een geschenkje van zilver en mag zeggen welk spelletje wij na het eten gaan doen. Raaien naaien zou leuk zijn, maar nog nooit heeft iemand het voorgesteld. Ik kan het wel voorstellen, maar daarvan komt bonje. Geheid. Nils kan niets meer van mij hebben, de laatste tijd. Normaal zou er aan dat spel ook geen opwinding te beleven zijn, want in onze kennissenkring is iedereen allang op iedereen uitgekeken. En wat valt er dan nog te raaien? Maar vanavond kon het weleens spannend worden, omdat er allemaal nieuwelingen rondlopen, allemaal van Nils' kant. Wat een mooie mensen zijn hier aanwezig en wat een goede gesprekken voeren zij. Ik kan aan de ontspannen, maar ernstige gezichten zien dat gewichtige affaires terloops worden behandeld. Nils nodigt geen bon-vivants of bankroetiers uit, maar intelligente en serieuze medeburgers die carrière hebben gemaakt. Ik tel rechters, internisten, advocaten en psychiaters onder de aanwezigen, maar ik vind de advocaten misplaatst: het zijn mooie zwierige jongens met krulhaar, te leuk voor deze bijeenkomst. Ik moet niet vergeten de boon in de taart te stoppen. Kinderlijke spelletjes zijn voor zulke hard werkende mensen juist een heerlijke afleiding. Zei Nils. Ik geloof hem graag ofschoon ik op andere gebieden een beetje aan hem ga twijfelen. Daarom heb ik het vanochtend met de postbode op een zuipen gezet. Daarom, want ik drink eigenlijk al een halfjaar niet. Dat is te zeggen weinig. Weinig tot niets.

Mijn vrienden van vroeger zou ik die slome taart met de boon erin niet hoeven voorzetten, mijn vrienden van vroeger zouden een gangstertaart verlangen, met een blote pin-up erin, maar ik heb sinds Nils geen vrienden meer die hij geschikt voor mij vindt. Als ik de boon tref, slik ik hem door.

Het ijzeren matje mag geen barbecuerooster zijn, nooit en te nimmer, ik streef ernaar vegetarisch te leven. Desnoods met geweld. Een barbecue is wel de laatste uitspatting waaraan ik me wil uitleveren. Opgelet, dit is de andere kant van de zaak: een barbecue is uitsluitend voorwendsel tot ongeremd zuipen. Daar zit wat in. Maar ik draai en trek de flessen wel open zonder dat daarvoor onschuldig vlees moet worden geofferd.

Het matje waagt morgen een nieuwe poging, het prijst zich aan als deksel op een groentekist. Ik mag dan bijna zo goed als vegetarisch leven, ik weet niet wat een groentekist is. Hooikist zul je bedoelen, matje. Helaas, je bent ten dode opgeschreven. Als bruggetje over het water, stamelt het matje en wankelt en stort voor mijn voeten neer, die ik er stampend op neer laat komen. Maar een bruggetje over het water, aan dat laatste idee hebben wij iets. Nils zal het zeker waarderen, dan is hij eindelijk ontslagen van zijn belofte om zo'n bruggetje voor mij te maken.

Het was zo ongelooflijk spannend dat Lucas de postbode op een boeman leek, met de bivakmuts op zijn hoofd en aan zijn voeten de zwarte schoenen. Had ik de kleine rode auto met het embleem van de posterijen niet zien staan dampen, ik had kunnen geloven dat mij een overval boven het hoofd hing. Terwijl ik de brieven- en pakjesbesteller door de spleetjes van de zonwering op de beletage begluurde, verbeeldde ik me dat het stijve pakket dat hij in zijn handen had, enigszins vooruitgestoken, een uzi was, zo'n kort krachtig mitrailleurtje. Het meest geschikte wapen, dunkt mij, als je te angstig bent om over straat te gaan. Al die handwapentjes in damestasjes, kleine pistolen ingelegd met parelmoer, ploertendoders, voorzien van initialen in goud, die stoute hebbedingen die mijn zogenaamde vriendinnen mij op hun leesmiddagen zo ongegeneerd laten zien, van al dat stiekeme speelgoed komt nog niet eens een mug onder de indruk. Het zijn dure pronkstukjes, even kortdurend, onbruikbaar en even jammerlijk als illegaal geïmporteerde exotische dieren. Geef mij de uzi, een veld vol belagers en laat mij maar maaien. Maar wie is belager en wie is het niet?

De postbode betrapte mij op het uur van de weerwolf, dat is wanneer de ware gedaante onstuitbaar verschijnt. Wanneer de ware aard dwars door de schijn en de poehaha heen breekt. Of denken jullie dat er een engel verschijnt, als mijn masker valt? Vergeet het maar. Nog niet eens een fatsoenlijke wijkzuster.

Op het vitale kloppen van de besteller kwam ik dus niet naar de voordeur gesneld als een dame in onberispelijke, modieuze kledij, een vriendelijk, in luxe levend wezen, zoals ze hier in deze omgeving in overvloed tieren, neen, het was met mij al gedaan. De verkeerde weg was ik al opgegaan. Ach, het was weer zo'n slopende nacht, vol helse verwijten. En dan de verzoening, ten slotte. Uitputtender dan de ruzie, omdat er bij gebrek aan ontlading ook aan de verzoening weer geen einde kwam.

Ik zag er dus niet uit, of juist wel, wat zag ik eruit! Vetharig, pruillippig, hangtietig, bolbuikig, blootsvoets in een allerminst schone peignoir.

Omdat na de helse nacht met Nils mij ook nog deze avond met jullie wachtte, jullie daar en de driekoningentaart.'

'Sneeuw maakt sommige mensen gek, wisten jullie dat?'
'Sneeuwblind bedoel je, niet gek, blind, sneeuwblind.' Het was een welluidende, parmantige jongemeisjesstem die hem onderbrak.

Nils keek verstoord naar de vrouw die het waagde hem in de rede te vallen. Zij stond vlakbij, dichtbij genoeg om hem te kunnen aanraken en dat deed ze ook, ze sloeg naar hem met haar handschoen, een korte, vingerloze witte handschoen met zwarte moesjes en ze wandelde met opgeheven kin van hem vandaan, alsof ze de nonsens die hij uitkraamde niet langer kon verdragen.

In het begin van de avond had deze pittige vrouw zich aan Dora voorgesteld als Janis Schrijvers. Zoals Nils nu naar Janis Schrijvers keek, zo kon hij ook naar Dora kijken als zij een opmerking had gemaakt die hem niet beviel. Het ontbrak er nog maar aan dat hij zou uitvallen met 'breng me toch niet eeuwig en altijd van mijn apropos, domme koe'. Hij hield zich in omdat Janis hier te gast was en nieuw. Zij was lid van de Tweede Kamer, zij het pas sinds een halfjaar.

En ze was jong, blond en guitig. Sneeuwblind was ongetwijfeld grappig bedoeld.

'Het is met sneeuw zoals met de mistral,' ging Nils voort en hij poseerde nadrukkelijk als man van de wereld bij de schoorsteenmantel, waarop Dora om hem te dienen alle foto's had neergezet van oma in haar gloriejaren en van decoratieve, pianospelende tantes en ook nog maar een van opa uit Nederlandsch-Indië met een geweer in zijn hand en een dode tijger onder zijn voet.

'Mensen gaan als er sneeuw ligt dwaze dingen doen, die ze in normale doen wel uit hun hoofd zouden laten,' doceerde Nils, zijn wijnglas heffend alsof hij een dronk uitbracht op deze dwaze mensen. 'Jullie moesten eens horen wat Dora vandaag heeft meegemaakt met de postbode!'

'The postman always rings twice.' Alweer Janis. Ze piepte dit, alsof ze haar lachen niet kon inhouden, vanuit een veilige hoek, waar ze zojuist op de chaise longue was neergestreken, met een meterslang lijkend been in een zwarte netnylon voor zich uitgestoken. Aan haar grote teen wiebelde een pump met een minstens twaalf centimeter hoge hak. Een illustratie van Hans Borrebach in een vlot meisjesboek geschreven door Cissy van Marxveldt uit de jaren vijftig.

Toen zaten meisjes met lange benen zo, op de muurtjes van een tuinterras of langs de baan van een tennisveld. Zat Janis Schrijvers zoals zij er nu bij zat ook in de Tweede Kamer? vroeg Dora zich af. Met een miniem, tot in het kruis weg gekropen rokje? Reken maar van yes, alle ogen wegstelend van 's lands belang.

Janis hief haar armen en vouwde ze achter haar hoofd, onschuldig pralend met haar fluwelen, ranke bovenlijf. Met deze houding gaf zij te kennen dat zij op haar gemak was en hier genoot van een ogenblik van welverdiende rust. Zij was de hele avond bezig geweest.

Zij had rondgesnuffeld als een rusteloze saluki. Snuf snuf was Janis door de zwaarmoedige salon gegaan, die vol tastbare herinneringen was aan de bijna voorbije eeuw. Waar op de djokjahouten tafeltjes schuldig koloniaal stof lag, waar sommige schilderijen duistere vlekken vertoonden en weer andere in hun lijsten geheel waren verdwenen in craquelé. Waar het weer in iedere spiegel zat.

Dora had Janis de hele avond lang horen snateren over vooruitgang en democratie, maar ze had deze opmerkingen aan zich voorbij laten gaan. Nils zei dat er het nodige aan haar oren mankeerde en aan haar ogen ook. Wat dan nog? Nils kon haar nog meer vertellen, Nils kon de pot op. Dora ging controleren of zij het pakket dat de postbode had gebracht goed had verborgen. Het stond onaangeroerd in de diepvrieskist.

Van Nils moest de diepvrieskist weg want hij vrat stroom en diende tot niets. Maar wel tot het herbergen van een half rendier en het koelen van Dora's geheime voorraad wodka.

Toen zij zich weer onder de gasten mengde in de tuinkamer, merkte zij dat de portretten anders stonden gerangschikt. Van de schoorsteenmantel tilde Janis alle ingelijste foto's nog eens een voor een op en bracht ze nogmaals dicht bij haar neus. Snuf snuf snuf. Het leek wel of ook zij iets zocht.

Het gedrag van de jeugdige gast ergerde Nils bovenmatig, dat kon Dora wel aan hem zien. Zijn gezicht liep rood aan en met opeengeklemde kaken stond hij zijn woede te verbijten. En het waren niet eens zijn spullen, maar die van Dora waaraan het kittige Tweede-Kamerlid haar vingertjes scheen te branden.

'Oei oei, een echte koloniáál,' liet ze zich ontvallen, terwijl ze opa in de lucht hief en heen en weer bewoog. Opa zou haar wel hebben zien zitten, met haar netkousen, bedacht Dora weemoedig, maar Nils nam haar het portretje af en zette het neer op de plaats waar het hoorde.

'Allemaal geschiedenis, Janis,' zei hij op zo'n neerbuigende toon dat de jonge vrouw reageerde met een woedende blik in zijn richting. Ze schokte zelfs een ogenblik krampachtig met haar hoofdje, alsof ze per ongeluk op haar tong had gebeten. Dat ziet er goed uit, tussen die twee, stelde Dora vast, en ineens zag haar helder binnenoog wat er gaande was. Dora kreeg nu pas in de gaten, moest tegen wil en dank toegeven, dat haar man het had aangelegd met deze bekoorlijke, stoutmoedige Janis. Het spatte er aan alle kanten af. Het tweetal kraaide het als het ware uit. Ze konden niet anders. Ze hadden de hele avond om elkaar heen gedraaid, ze konden geen minuut buiten elkaar. Het partijtje ter ere van Driekoningen, van het begin af aan Nils' idee, was ter ere van Janis opgezet. En Dora wist nu ook waarom: opdat de nieuwe vlam een beeld zou krijgen van de last waaronder haar minnaar gebukt ging, de luisterrijk lijkende maar in wezen ondraaglijke huiselijke omstandigheden waarvan hij maar moest zien te maken wat ervan te maken viel. En zijn nieuwe lief zou moeten erkennen dat hij zich daarvan waarachtig niet zomaar kon losmaken! Dat kon immers iedere boerenlul nog wel zien, die geen stront had in zijn ogen, dat Nils zich niet zomaar, een, twee, drie van Dora kon ontdoen.

Janis mocht zich er vanavond met eigen ogen van vergewissen hoe erbarmelijk dit slachtoffer eraan toe was, het leek nog slechts heel in de verte op een vrouw, het dronk, het stonk en kon niet dansen. Deerniswekkend was het, als een stokoude schurftige hond. Maar zo'n hond, die jarenlang je kameraad was geweest, bracht je niet op stel en sprong weg om te laten inslapen. Je nam er een lollige nieuwe pup bij, waardoor de oude ook weer tot leven kwam. Kijk maar hoe ze woef woef kon doen om een koekje.

'Dodie, vertel het verhaal eens van de postbode.' Nils legde zijn hand in Dora's nek en tokkelde, alsof hij pianospeelde, met vier vingers zachtjes op haar bovenste wervels, zoals vroeger.

'Dodie?' vroeg Nils nog eens en hij gaf het koosnaampje een zorgvuldige nadruk. Hij had het minstens drie jaar niet gebruikt, rekende Dora vliegensvlug na.

'Dodie, doe de rare postbode eens na.' Hij hield op met pianospelen en schaarde zich in de voorste rij van de kring die om Dora heen was komen staan, tot luisteren bereid. Nils glimlachte haar bemoedigend toe en knikte: toe maar, begin dan!

Dora wilde niet naar hem kijken, want dan zou ze hem om de hals vliegen en dat gaf geen pas meer en het had geen zin, want ze was hem kwijt. Ook zonder naar hem te kijken wist ze dat hij aan haar was ontsnapt. Ze wist alles van hem, zijn blikken zouden allang weer in de richting van Janis gaan. Ze kon Nils uittekenen. Ze wist met haar ogen dicht hoe goed hij eruitzag. Nee, niet zogenaamd voor zijn leeftijd, hij zag er gewoon goed uit. Hij was een stuk, dat was hij altijd geweest en als stuk zou hij sterven. Wie zou niet als een blok vallen voor Nils?

Nils stond vooraan in de kring, maar voor zijn oude Dodie had hij geen belangstelling meer. Zijn ogen zwierven behoedzaam in een andere richting, zochten zijn nieuwe geliefde. Hij wilde haar een wenk geven: toe maar, kijk dan! Kijk hoe het oude teefje nog veel knappe kunstjes kan vertonen: zij kan opzitten, met haar ogen rollen en een verhaal vertellen, bijvoorbeeld over een te gekke postbode.

Dora leunde tegen de schoorsteenmantel, net zoals Nils even eerder had gedaan, net als hij in een ietwat belerende pose en ook met een glas in de hand. Gehoorzaam begon zij: 'Mensen, lieve help, vandaag stond een boeman voor de deur!'

'Een boeman?' riepen de gasten als uit één mond.

'Nou ja, een boeman, dat dacht ik eerst, want zo zag hij eruit, met een bivakmuts op. Maar het was de postbode maar.'

'Boe-oe-oe...' riepen de gasten, zich verheugend op wat er ging komen. 'Een gevaarlijke postbode? Waar moet dat heen?'

En dat ging Dora vertellen. Ze ging er niet gemakzuchtig bij zitten, ze bleef dapper staan, lachte charmant met een kuiltje in haar wang en hield al die tijd het glas in de hand zonder er zelfs maar van te nippen. Zo had het moeten gaan.

Maar natuurlijk lag de weerwolf alweer op de loer.

'Het was juist ongelooflijk spannend dat de postbode op een boeman leek, met die enge bivakmuts op zijn hoofd en aan zijn voeten zwarte sluipschoenen. Had ik de auto met het embleem van de posterijen niet dampend zien staan in de laan, ik had kunnen geloven dat mij een overval boven het hoofd hing. Ik begluurde hem eerst door de spleetjes van de zonwering. En toen verbeeldde ik mij dat die brave brievenbesteller een wapen droeg, een uzi nota bene.' Ze nam een slokje, een slok en nog een.

Toen rolde het verhaal van de postbode eruit, maar hoewel het uit haar mond kwam, leek het alsof zij er niets meer over te vertellen had. Machteloos hoorde ze aan wat er dan wél werd verteld. Een vileine, vrolijke wolvin, die zich meester had gemaakt van haar hart en haar stem, lanceerde de volledige versie. Ongekuist. Deze vertelster maakte het bonter dan nodig was. Beschreef uitvoerig dat ze meerdere malen genoeglijk hadden gecopuleerd op de driezitter in de keuken nadat Dora haar geheime voorraad wodka in de diepvrieskist had aangebroken en opgezopen, dat ondertussen, in het PTT-autootje de zoon van de postbode had zitten wachten met een zielige rottweiler, al die tijd.

Al vertellend leegde Dora niet alleen haar eigen glas, maar alle glazen binnen bereik. Eerst slurpte ze de glazen leeg die onbeheerd op de schoorsteenmantel stonden. Vervolgens de glazen die op de tafeltjes waren blijven staan en waar nog restjes in zaten. En ten slotte pakte ze de glazen af van de gasten, ze nam ze hun gewoon uit de hand.

'En ik had godverdomme de broccolisoep ook nog laten overkoken,' bracht ze kokhalzend uit.

De gasten luisterden nauwelijks meer, ze keken bedrukt en zagen beleefd om naar ander vermaak. Sommige heren lachten wat na over sommige passages, hahaha, hohoho, kom nou zeg, dat zullen we maar niet geloven, dertig centimeter komt niet voor, hoor, achtentwintig centimeter is de absolute limiet. De meeste dames babbelden al snel na het verwarrende postbodeverhaal weer opgewekt verder, zonder hun stemmen te dempen.

Dora stond voor de spiegel. Ze had niet voldoende kracht meer om het glas te bewasemen en woorden te schrijven in het waas. Ze zag nog een glas staan met een bodempje vloeistof erin, hoewel het ook een van de olielampjes kon zijn, ze strekte haar hand ernaar uit en viel om. Ze sleepte in haar val het djokjahouten tafeltje en alle portretten mee. Toen Nils zijn armen om haar heen sloeg en aanstalten maakte haar met zacht geweld naar boven te brengen, vroeg ze hem met doffe stem, maar doordringend genoeg: 'Nils, neuk je nou weer met deze Janis? En waarom niet langer met Chantal? En waarom niet meer met Mary?'

Dora vuurde zo goed en zo kwaad als het ging haar beschuldigingen af zodat vooral de jonge politica ze goed kon horen, die roerloos in de plantenserre stond, als aan de grond genageld, haar figuurtje als van een zandloper afgetekend tegen het schrille winterlicht.

Dora liet zich door Nils optillen. Ze snikte hartverscheurend. Ze legde haar hoofd op zijn schouder. Ze wees met een bevende vinger naar een ernstige vrouw, die haar hoofd schudde. 'Mary, jij bent ook niet goed genoeg meer,' schreeuwde ze terwijl Nils haar over de drempel van de tuinkamer zeulde.

Voordat Nils de deur sloot, zag Dora nog hoe de gasten ronde ogen opzetten van afschuw, medelijden en verbazing. Haar verhaal over de postbode was het ene oor in, het andere oor uit gegaan, zoals dat nu eenmaal altijd gaat met sterke verhalen. Maar van deze scène leefden de toehoorders op, want wat ze nu hoorden, was de onopgesmukte werkelijkheid, dachten ze.

Terwijl alle blikken nieuwsgierig naar de serre gingen, waar zij stond, sloeg Janis haar hand, die met het gestippelde kokette melkboerenhandschoentje eraan, voor haar mond. De schellen vielen eindelijk ieder van de ogen, constateerde Dora door haar nevels heen.

Onvast ter been stond ze voor het raam, op de eerste etage.

Nils had haar met grote moeite naar boven gekregen, naar hun slaapkamer, die hij achter haar op slot had gedraaid.

Ze keek uit het raam en zag hoe haar man, beneden op de stoep, met brede armgebaren iets uitlegde aan zijn vertrekkende gasten. Ze twijfelde er niet aan of hij lichtte toe hoe het geestelijk was gesteld met zijn vrouw. Niet best. Nils zou zijn uiterste best doen om de gechoqueerde gasten begrip bij te brengen voor wat zich had afgespeeld. Het zou hem wel lukken. Met welke excuses en verklaringen zou hij deze keer komen? Oorlog? Een gefnuikte jeugd? Een radeloze vader die liep te malen door de straten? Keuze genoeg. Nils zou er wel iets op weten. Hij wist altijd raad.

Hij hoefde niet eens briljant te zijn of vindingrijk, hij sprak gewoon zijn belangrijkste goede eigenschappen aan; hij kwam betrouwbaar en rechtvaardig over. Haar man stond alom bekend als onkreukbaar. Niet voor niets vertrouwden die gewichtige gasten hem al hun geheimen toe, lieten ze hem hun kastanjes uit het vuur slepen, die valse maar hooggeplaatste etterbuilen en galbakken, die op dit ogenblik hoofdschuddend op hun limousines met chauffeur stonden te wachten en van wie de echtgenotes af en toe een bemoedigende hand op Nils' arm legden.

Die fijngeschoeide handjes, die strelende en knijpende vingers van de doortrapte kakmadammen en graftakken, hun aanblik bracht opnieuw de nodige beroering in Dora teweeg.

Ze deed een poging het venster te openen. Ze was weer in het wilde weg aan het schreeuwen, het kon haar niet eens meer schelen of de betrokkenen het konden horen of niet: 'Mag ik godverdegodver ook even wat zeggen, jullie daar, frauduleurs en opportunisten, volksverlakkers en wetsverkrachters, hoerenlopers en ladelichters, ik kan alles verklaren, hoor...' Ze verloor de draad van haar betoog. En ze was met haar gebalde vuisten niet eens door de gesloten luxaflex heen gekomen. Toen moest de hele luxaflex er maar af. Die was beter bevestigd dan ze dacht. Ze ging met haar volle gewicht aan de zonwering hangen en kwam in een baaierd van lamellen op de grond terecht.

Het was onmogelijk geworden om weer overeind te komen. Maakte ze een beweging met haar armen, dan bewogen er rinkelend tientallen nieuwe ledematen mee, als waren er ineens reusachtige vlerken aan haar ontsproten. Maar ze kon er niet mee ten hemel varen. Ze lag er uitgeteld bij, slechts geschikt om de zoveelste mislukte vogelmens uit te beelden.

Het feestje voor Driekoningen was voorbij en Nils kwam naar boven.

'Viswijf dat je bent.' Hij bromde het zachtjes voor zich uit, zo van tussen zijn tanden, zo alsof hij het zelf niet zei, maar alsof een demon die tussen zijn ribben huisde, met geweld de waarheid over haar aan het licht wilde brengen.

'Viswijf. Er valt met jou niet te leven.' Hij bukte zich en kneep haar in haar dij.

Ze had niets te vrezen, hield ze zich dapper voor. Zolang hij op die manier 'Viswijf' zei, hield hij nog van haar. Ze zou boete doen. Eerherstel en verzoening zouden volgen, niets aan de hand.

Hij bevrijdde haar van de lamellen, kleedde haar uit en legde haar in bed. Hij was bij al deze handelingen kalm gebleven, niet boos geweest, niet bedroefd, maar hopeloos, zei hij opeens.

'Ditmaal heb ik echt de hoop verloren.' Met opgetrokken knieën ging hij naast haar in bed zitten. Hij vouwde zijn handen om zijn knieën, draaide zijn hoofd naar haar toe en keek haar met een intens trieste glimlach aan. Haar vingers jeukten om hem te tekenen, ze zou hem haartje voor haartje willen tekenen, maar wat een onzin, ze kon niet eens tekenen. Toch zou ze het willen, deze tanige vastberaden zeilerskop onder een vracht touwkleurig haar, dat precies goed voor zijn ene oog viel. Hij speelt aanklager, had ze hoopvol gedacht.

'Hij heeft de hoop verloren,' zei ze.

Maar er was toch geen enkele reden om de hoop te verliezen, bedelde Dora en schoof voorzichtig tegen hem aan. Met ingehouden adem wachtte ze af. Hij kon de aanraking verbreken, hij hoefde maar een millimetertje terug te gaan. Dan was alles verloren.

Hij kon ook alle onheil ongedaan maken door gewoon languit tegen haar aan te gaan liggen, haar tegen zich aan te trekken, in haar oorlel te bijten. Dit wonder was weleens voorgekomen. Waarom zou het niet nog een keer geschieden?

Hij legde een hand op haar hoofd, niet vriendelijk, niet vaderlijk, maar patroniserend, als een priester, die haar ging zalven of dopen in de naam van de vader en de zoon en de heilige geest. Waar bleef het wijwater? Ze huiverde. Er was een catastrofe op til.

Haastig kroop ze weg onder het dekbed, hij hoefde niet te zien hoe angstig ze was. Als ze eens smeekte om genade? Maar waarom? Waarom zou ze? Zo verschrikkelijk was het toch ook weer niet? Iedereen maakte weleens een scène. Over het algemeen hielden de gasten daar wel van. De meeste mensen hunkerden naar een goede scène. Een goed verhaal, ja, daar luisterden ze wel naar, dat konden ze wel waarderen, maar een scène was natuurlijk uit het echte leven gegrepen en daarom het neusje van de zalm. Er waren mensen die juist vanwége de scènes naar hun partijtjes kwamen.

De laatste was toch minstens alweer een jaar geleden? Toen was het lente geweest, een nieuwe lente, een nieuw geluid. Lente, een veelbelovend jaargetijde, waarin alles op uitbotten stond, lusten, maar opgekropte onlusten ook. (Nils was toen een affaire begonnen met het meisje van de snackbar vlak bij zijn kantoor. Hij wilde niet toegeven dat hij iets had met iemand die de hele dag lachte en dolde tussen de frites. Hij durfde het niet te bekennen. Stel je voor dat het zich had rond gesproken dat hij niet van de patatjuffrouw kon afblijven, ja, dat diezelfde Chantal, de hartelijke schat die in de weekends weleens paste op hun hond, ook hem van tijd tot tijd geriefde. Nee, zulke opwindende liefjes kon Nils zich niet veroorloven, niet zo'n in het oog lopend geval als die lieve leuke mollige Chantal.)

Ondertussen waren er na dit debacle wel weer zoveel geslaagde diners, huispartijtjes en ontbijtbabbels geweest waarbij Dora zich door niets had laten opfokken, dat de jongste uitschieter statistisch gesproken niet van betekenis was.

Zij was heel goed in staat om als het moest alles langs haar kouwe kleren af te laten glijden. Vorige keer had Nils onvergeeflijk zitten slijmen met de hoog van de toren blazende, walgelijk arrogante Mary, die nieuwe officier van justitie. Door die pedante tante had Dora zich toen niet echt uit het veld laten slaan. Ze had gewoon in haar vuistje gelachen. En terecht, want kijk eens aan, ook deze gratenkut was alweer uit de gratie. Ook deze brandnetel greep ernaast.

Dora schrok op uit haar gepieker, want Nils richtte het woord tot haar.

'Het kwam weer als een donderslag bij heldere hemel!'

'O sorry liefje, ik lag een beetje te dromen, wat zei je?'

'Het kwam als een donderslag bij heldere hemel,' sprak hij afgemeten. 'Zoals altijd, zoals te doen gebruikelijk.'

'Als iets gebruikelijk is, is het dan nog wel een donderslag bij heldere hemel?' vroeg Dora weifelend.

Nils voer onverstoorbaar voort dat het ook ditmaal weer zonneklaar was dat zij met satanische precisie het aller ongunstigste moment bewust had uitgezocht.

Dora draaide zich van hem af. Hij had gelijk. Zij verdiende straf, slaag en blaam. Zij tilde haar pon op en bood hem haar billen. Hij keek er niet eens naar. Hij keek naar het plafond en vertelde dat het voor hem een belangrijke avond had kunnen zijn.

De dames en heren die door Dora op het hart waren getrapt, die door haar tot in het diepst van hun ziel waren beledigd, hadden van grote betekenis kunnen zijn voor zijn carrière. Zoals het er nu voor stond, kon Nils zijn toga wel aan de wilgen hangen en van zijn laatste centen een draaiorgel kopen. Dan kon Dora voortaan met het mansbakje rond, dat wilde zij toch? Daar had zij zich in haar leven vroeger toch al eens in bekwaamd, in het met de pet rondgaan voor de muzikanten?

Dora had haar hoofd zo diep als ze kon in het kussen begraven. Het kwam niet meer goed.

Nils zette zijn requisitoir voort op een zachte, lugubere toon die in een rechtszaal bij menigeen de rillingen over de rug zou doen gaan.

Het was het laatste geluid dat je in een voluptueuze slaapkamer als deze zou verwachten, het detoneerde nog erger dan de gouden lamellen die hier niet pasten en die Dora dan ook met recht had verwijderd. Deze stem was als een mes, die met trillingen van boven de gehoorgrens het beven beëindigde van weerloos vlees.

Godverdomme, om eens een voorbeeld te noemen, die lul van een Nils wilde nooit vegetarisch eten, dat vond hij sentimentele flauwekul voor het geitenwollensokkenvolk. Zou het geen perfect idee zijn als zij zich voorgoed bevrijdde uit dit van compromissen aan elkaar genaaide huwelijk, wat deed zij eigenlijk nog bij zo'n lauwtoffe goser?

Hoe Dora ook poogde om aan andere dingen te denken, om de zonzijde te zien, om zich moed in te spreken, Nils' vlijmend geluid bleef dwars door haar heen snijden.

'Naar enige maatschappelijke vooruitgang kan ik met zo'n vrouw als jij voorlopig wel fluiten.' Hij sprak verder met zijn sonore stem. Als zijn carrière gewoon verder liep, zoals normáál zou zijn en zoals hij het wenste, niet meer, maar zeker en vooral niet minder, en zoals het zich dankzij zijn flair en zijn inspanningen liet aanzien, dan zouden die dames en heren, die Dora in hun gezicht had gespuwd, die zij met addergebroed en witgepleisterde graven vergeleek, tot de vaste gasten van hun bestaan zijn gaan behoren. Zij had er dus op moeten rekenen dat zij deze mensen vaak zou hebben gezien. Zij zou bij hen te gast zijn geweest, zij zou hen voor de rest van haar leven waardig hebben moeten kunnen ontvangen en waardig bij hen op bezoek hebben moeten gaan.

'Hebben moeten kunnen ontvangen?' mompelde Dora bedrukt.

Nils verhief zijn stem slechts een weinig. 'Nog praatjes ook?'

Verontschuldigingen kwamen te laat, vervolgde hij, maar waarschijnlijk hielp het een beetje als de beledigden vernamen dat zij al eens langdurig opgenomen was geweest in een inrichting! Hoewel, hij schudde bedenkelijk zijn hoofd, hoewel die verzachtende omstandigheid weer teniet werd gedaan als men te weten zou komen dat ze daaruit was ontvlucht met behulp van een louche taxichauffeur, die nog regelmatig kwam buurten.

'Is die vent hier nog weleens geweest? Heb je snorremans nog weleens gezien?'

Deze vragen werden plotseling afgevuurd tegen wil en dank.

Het kon toch niet waar zijn dat Nils nog steeds jaloers was op een taxichauffeur?

Dora durfde het niet te hopen, maar het idee gaf haar wel moed genoeg voor tegenvuur.

Niet te luid sprekend en nagelbijtend opperde zij dat zij misschien te egocentrisch en te hovaardig was voor het slachtofferschap. Nils kon haar dan wel bedriegen, maar zij ging niet doen alsof zij het accepteerde. Zij vond Janis Schrijvers een onbenul en als hij in haar zou volharden, dan draaide Dora zijn kloten eraf.

Zeker ging ze niet bij een praatclub of een psychiater de martelares zitten spelen. Dat deed híj maar.

Zij sprong hem liever op zijn nek en beet zijn halsslagader door.

'Als er toch niets anders meer komt dan dronkemanstaal, ga ik slapen.' Nils keerde zich op zijn zij.

Toen het licht al een poosje uit was, hij had zijn lampje en daarna dat van haar uitgeknipt, kwam zijn stem ineens opmerkelijk zachtaardig op haar af: 'We moeten apart gaan wonen, liefje, ik zie geen andere uitweg meer.'

'Ik ook niet.' Dora zei het ferm genoeg en probeerde het bed te verlaten, maar ze voelde zich plotseling niet meer sterk genoeg. Ze maakte zich klein, het ging bijna als vanzelf, ze legde zich op haar rug en zette een kinderstemmetje op.

'Zal ik vertellen wat de postbode deed?'

Ze schudde heel voorzichtig, heel even aan zijn schouder.

'Nils, wil je horen wat de postbode bij me deed?'

Ze wachtte. Ze hoorde Nils rustig ademen.

'De postbode had een piemel als een deegroller en hij had er een piercing in.' Ze giechelde even. 'Stel je voor, ik had nog nooit een piemel met een piercing gezien, behalve op tv.' Ze zuchtte diep en maakte zo goed en zo kwaad als het ging een verzaligd, kreunend geluidje.

Ze hoorde de korte hapering in zijn ademhaling, maar even later ademde hij door alsof hij niets had gehoord.

Waarom draaide hij zich niet naar haar om, waarom greep hij haar niet vast? Hij zou nu op hoge toon moeten eisen dat ze hem alles zou opbiechten. Hij zou als een priester zijn hand op haar hoofd mogen leggen en woord voor woord uit haar trekken wat de postbode deed. Daarna moest zij boeten. Eerst over de knie. Dan zou hij haar leren wie de sterkste en de grootste was.

Ze wachtte. Ze kon lang wachten.

Er gebeurde niets.

Ondergedoken

Een boeman met een bivakmuts op was het niet. Het was Lucas Visch die op de inrit heen en weer drentelde met in zijn hand een bos bloemen. Hij was te verlegen en te aardig om door de kieren van de luxaflex naar binnen te gluren, anders had hij Dora wel zien zitten, gehurkt naast de verwarming. Hij keek vragend langs de gevel omhoog, met een aarzelende beweging van zijn grote hoofd. Toen zijn beerachtige gestalte vlak langs het venster schoof, had Dora juist het koordje gegrepen en uitgerekend op het ogenblik dat Lucas er vlak voor stond en zo dichtbij was dat hij haar kon horen als ze hem iets toeriep, trok ze eraan, in paniek.

Ze kon zich wel voor haar kop slaan.

Dit zou pas echt moeilijk worden, om later uit te leggen, dat bij haar de zonwering vanzelf open- en dichtgaat.

Maar misschien viel het mee, er was veel denkbaar in deze tijd, er bestonden tenslotte ook al zonnebrillen die uit zichzelf donker en licht werden.

Dora hield haar hoofd gebogen tussen haar knieën, ze had haar hielen stevig geplant op de vloer, ze kon zo wel uren blijven zitten. Ze bedacht alvast de smoes die ze op een geschikt ogenblik aan Lucas zou moeten presenteren, maar ze werd er niet vrolijker van.

'Ze was zo volledig verdiept geweest in haar werk, dat ze de dag, de tijd, haar hele eigen bestaan was vergeten.' Het zou goed klinken, als ze maar zulk soort werk had gehad. Werk waarbij je het eigen banale bestaan kon vergeten! Zulk werk was beter dan een man.

Het was nu vijf over halfvier en Dora en Lucas hadden om halfvier afgesproken voor thee in het tuinhuis. Zij zou Engelse sandwiches voor hem maken, met komkommer, rode cheddar en zalm. Ze was van plan hem haar lievelingsverhaal over de cheshirekat te vertellen. Misschien zou haar eigen cheshirekat dan even later zijn opwachting maken, even zijn hoofdje laten zien tussen de bloeiende azalea's en lachen.

Als om te bewijzen: dit vrouwtje vertelt sprookjes die werkelijkheid zijn. Lucas zou op zijn beurt proberen haar het verschil uit te leggen tussen spanning en stroom. Dat had hij haar eergisteren, vroeg in de ochtend, bij haar boven in bed al beloofd, dat hij dat eens zou doen. Ze hadden zich er toen allebei op verheugd, op een leuk en leerzaam gesprek, dan kon hij ook eens over zijn vakgebied praten. Bij hun andere ontmoetingen was zij almaar aan het woord, tot op het beschamende af. Het was Lucas' beurt om over zijn hobby's en leven te vertellen.

'Onder het genot van een goede Engelse tea, wat denk je daarvan?' had Dora hem voorgesteld.

'Die krijg je in Holland niet vaak!'

'Die moet je zelf maken, wil het wat voorstellen,' viel Dora hem bij, en mijmerend had ze verzucht: 'Kon ik maar ergens de hand leggen op dikke Ierse room!'

'Je bedoelt clotted cream!' riep Lucas enthousiast uit, op een toon alsof hij er elk moment van het etmaal naar verlangde.

'Scones kan ik wel maken,' had zij hem gerustgesteld, 'met jam en slagroom en boter, niet te vergeten, heel veel, machtig veel boter.'

En nu stond Lucas Visch daar op de inrit, voor een zwijgend huis, onder een grijze, dichtgetrokken voorjaarshemel die niets meer beloofde. Hij had zijn handen eerst vrolijk vooruitgestoken, maar hij had ze al laten zakken, ook de enorme bos bloemen hing omlaag. Vergeefse bloemen. Terwijl Dora het dacht trok er een pijnvlaag langs haar middenrif en ook begon haar linkerkuit te gloeien, zozeer dat het ook wel op pijn leek. Ze had allang gezien hoe belachelijk, ja hoe bijna onfatsoenlijk groot het boeket was. Het moest uit minstens zeven bossen bestaan en bevatte allerlei variaties in blauw, het waren bloemen in de talloze tinten blauw van haar ogen, zou Lucas ongetwijfeld hebben gezegd als ze hem de kans had gegeven.

Even zeker zou Lucas zich in het geheel niet hebben gestoord aan de puinhoop, de teringzooi, de kankertroep in haar keuken. Het zou hem niets hebben kunnen schelen. Servies en pannen vol koeken en korsten, de lege flessen in onschuldig huisvuil verstopt. Als zij naar de glasbak moest gaan, moest zij tot haar schande bekennen, zou zij dagwerk hebben, zou zij aan niets anders meer toekomen. Lucas Visch zou er niet om malen. Hij zou begrijpen dat er niet te werken viel in zo'n keuken, dat geen mens het voor elkaar zou krijgen om daar nog iets te bakken, laat staan scones. Als hij al niet uit zichzelf meteen ging opruimen, dan nodigde hij haar wel opgewekt uit voor thee buitenshuis. Hij zou haar meenemen naar een uitgelezen etablissement waar een Engelse tea werd geserveerd die er wel degelijk mee door kon. Zo bar en boos was het niet meer in Nederland gesteld, dat er in geen velden of wegen een goede Engelse tea was te vinden. De mensen, die tegenwoordig veel reisden, vroegen erom.

Lucas Visch zou zitten stralen bij al haar geklets. Hij zou haar stomme verhalen prijzen en haar krullen bewonderen, haar opengesperde ogen, haar mollige handjes en voetjes, alsof hij nog nooit zoiets leuks en begeerlijks had mogen bezingen als Dora. En wie was Dora nou helemaal, vroeg ze zich gepijnigd af, een neurotische vrouw die voor haar vijftigste al geheel was uitgerangeerd. Ze rookte en snoepte en zoop, ze ging vreemd en zat bij de pakken neer.

Kortgeleden had haar man zijn laatste restje geduld met haar verloren. Zij hadden hun zilveren bruiloft nog gevierd, maar algauw daarna had hij haar verlaten. Terecht! Als iemand het zich kon voorstellen, dan was zij het wel, vertelde Dora aan iedereen die het wilde horen.

Haar ex-man was ingetrokken bij een jongedame met lange benen, die hem begreep.

Lucas Visch was misschien een namaakpostbode en een uitvinder van het zwarte garen toen het witte er al was, maar hij was in de eerste plaats een aardige man. Was hij bij Dora wel aan het goede adres?

Op de wonderlijke ochtend van Driekoningen van dit jaar, waarop zij elkaar hadden ontmoet, moest in Lucas een demon hebben gehuisd, die zijn zinnen had verduisterd. Was het feit dat hij haar uitbundig het hof had gemaakt, uitsluitend het gevolg geweest van overvloedig drankgebruik, dan had hij niet meteen al die volgende ochtend weer blakend van ondernemingslust voor haar deur gestaan, in zijn handen een zalmroze poinsettia. Maar toen was Nils nog thuis. Nils had hem verzocht onmiddellijk weg te gaan met zijn smakeloze struik, maar toen de bezoeker teleurgesteld het pad af liep, had Nils hem, als bij nader inzien, iets nageroepen, met een fieltige klank in zijn stem: 'Komt u over een dag of veertien maar eens terug, dan is de kust wel vrij.'

Dora had het met eigen oren gehoord. En dat terwijl Nils en zij een paar minuten eerder nog in een zogenaamd verzoeningsgesprek waren gewikkeld.

De pijnen onder haar middenrif werden bij de herinnering aan dit loze gesprek ineens zo hevig dat ze het hurken niet meer kon volhouden en moest gaan liggen. Dora liet haar voeten zijdelings onder zich wegglijden, ze maakte er een soort kikkerzit van met gespreide dijbenen. Ze was eigenlijk nog heel lenig voor haar leeftijd en afmetingen. Centimeter voor centimeter schoof ze verder over de houten vloer, totdat ze uitgestrekt op haar buik lag.

Als Lucas nog steeds voor het huis zou ijsberen, kon ze hem nu niet meer zien, ook niet als ze haar hoofd af en toe ophief. Het beste was natuurlijk het hoofd te laten liggen waar het lag en kalm de nerven en noesten in het hout te bestuderen. Misschien zou straks wel als een heerlijke zweepslag een stem striemen: 'Wat lig jij daar godverdomme op klaarlichte dag op je buik op de grond?'

Die stem zou dan niet van Lucas zijn. De enige die dit op een koele, verontrustende toon zou kunnen vragen, kwam liever niet meer in huis. Nils had nog wel een sleutel maar hij gebruikte hem niet. Hij had het veel te goed in zijn nieuwe leven, met zijn knappe, jonge vriendin.

Als Lucas haar vond, op haar buik op de grond, zou hij naast haar komen liggen en tegen haar aan schuiven. Hij zou zijn arm om haar heen slaan en met zijn aardige, brommende geluid opmerken: 'Het is niet slecht om de wereld eens vanuit een ander perspectief te bezien.'

Ze meende dat ze zijn voetstappen op het tegelpad hoorde. Trage voetstappen, die trager werden naarmate zijn onzekerheid toenam. Ze verbeeldde zich dat ze hem naar zijn agenda hoorde tasten, ze hoorde het knisperen van blaadjes papier in de zoele wind. Maar dit kon niet waar zijn, Lucas had deze afspraak niet eens in zijn agenda geschreven, dit was een ontmoeting waar hij naar toeleefde. Dora klappertandde. Om zich tot bedaren te brengen bracht ze haar hand naar haar mond. Ze beet zich vinnig in de muis. Ze wilde het uitgillen, zodat Lucas Visch haar kwam redden, maar geluid kwam er niet. Ze was te schor omdat ze intussen was uitgedroogd. Nog even volhouden en dan kon ze zich zelf gaan redden.

Ze zag de van teleurstelling traag geworden voetstappen van Lucas Visch onder haar ogen opwellen uit het glanzende hout, zoals afdrukken van een voet nog veel later naar boven komen in drijfzand. De wandelaar is dan allang verzonken, geen mens heeft zijn kreten gehoord, zijn wanhopig zwaaiende armen gezien, niemand was erbij toen het zand onverschillig, onafwendbaar de wijd geopende keel van de wandelaar in stroomde en hem vulde en verstilde. Verzet had niet gebaat. Overgave was de boodschap, opdat alles sneller ging en gemakkelijker, ook voor de vijand.

Er was hier geen vijand meer te bekennen, al niet meer zolang het geheugen reikte. Dora was zelf haar eigen vijand geworden, zij wist het best. Daarom bestreed zij zichzelf nu eens niet maar gaf zij zich over. Het was goed toeven op een geboende parketvloer, als het lichaam zich althans totaal wilde ontspannen. De ontspanning diende te beginnen bij de voeten, die zwaar moesten worden, daar gingen ze al, verder en verder de diepte in. Wat een genot. De benen decimeter voor decimeter mee laten zinken. De armen ondertussen als een peluw onder het hoofd vouwen, dat kon wel voor even, hierboven was het nog niet aan de beurt om zwaar te worden. Het onderlijf breed en vol lood.

Acht schoten in de rug, elk schot doorboort een wervel. Het slachtoffer stuiptrekt een paar seconden als een kat die een hoge rug trekt, dan treedt huiveringwekkend traag totale verslapping in. Nee, dat gebeurt niet huiveringwekkend traag, het is in een oogwenk gebeurd, maar dat is een verkeerd gebruikt woord: oogwenk, want juist het menselijk oog wil het zo snel niet volgen, dit trage orgaan moet alles eerst door het brein laten goedkeuren.

Het waren slechts acht tokkels op de ruit in een bepaald ritme, kort kort kort lang, kort kort kort lang, de tokkels van Vivienne. Ze tokkelde nog eens en nog eens, ongeduldig en heerszuchtig als de verpleegster die ze was. Liefde en trots stroomden Dora's hart binnen en voor de zoveelste maal vroeg ze zich af waarom de bazigheid, die van Nils moest komen, in haar dochter een charmante besluitvaardigheid was. Het kind had ook nu weer duidelijk de touwtjes in handen genomen: Dora hoorde hoe kordaat zij Lucas Visch toesprak. Hij moest er dus nog zijn! Ze had zijn slepende, teleurgestelde voetstappen horen wegsterven, maar dat had ze waarschijnlijk verzonnen. Zo gauw gaf haar aanbidder het niet op. Lucas en Vivienne waren elkaar op het tegelpad tegengekomen en die twee hadden elkaar meteen begrepen, zonder woorden. Zij zouden dit varkentje weleens wassen.

Lucas Visch was te goedig om bazig en besluitvaardig te zijn. Als Lucas Visch een doortastende man was geweest, zou hij allang zijn doorgelopen op het tegelpad, dat langs de zijkant van het huis naar de achterkant voerde, waar alle deuren met dit benauwde voorjaarsweer openstonden.

Dora moest bekennen dat zij het een pluspunt vond dat hij niet meteen het heft in handen nam zoals Nils, die af en toe niet eens wist waar het heft zat.

Ze hoorde Vivienne spreken, met luide stem: 'Onzin, meneer. Ze is thuis, gegarandeerd.'

Vivienne liet deze mededeling nog een keer horen, nadrukkelijk gescandeerd, door de brievenbus. Even later jubelde ze: 'Oehoe mama, oehoe! Kom maar te voorschijn, oehoe!'

Het klonk alsof ze het door de brievenbus riep en een seconde later hoorde Dora waarachtig geklepper. Waar was dit voor nodig? Het kind had toch gewoon een sleutel waarmee ze de voordeur open kon maken? Ze kon naar binnen lopen, haar moeder betrappen en koeltjes, of giechelend, al naargelang haar stemming, zeggen: 'Mama, sta eens op, hier is bezoek voor je.'

Nooit eerder in haar jonge leven had Vivienne iets geroepen door de brievenbus. Dora kneep haar ogen dicht, omdat er tranen drongen en zij voelde hoe het bloed naar haar hoofd steeg: zinspeelde haar dochter via de brievenbus op die ene keer dat haar moeder zich in de armen had laten vallen van de postbode, die geen postbode was? Maar daarvan wist het kind goddank niets.

'Bloemen!' hoorde Dora haar dochter prijzend zeggen en ze liet de klokkende lach horen waaraan niemand weerstand kon bieden. Daarmee onderwierp zij Lucas Visch aan zich, daarmee probeerde zij Dora naar buiten te lokken, daarmee kon zij heersen en bevelen.

Vivienne had natuurlijk in één oogopslag de sukkeligheid van Lucas doorzien. Met haar gevoileerde filmsterrenstem, zwoel en hees maar haarscherp articulerend, sprak zij met een snuifje superieure onverschilligheid: 'Zeg, waarom gaan we niet gewoon door de tuin? En dan naar binnen? Mama sluit nooit iets af.'

Wat Lucas antwoordde, kon Dora niet verstaan, hij had niet zo'n klankrijke, verdragende stem als het kind, Lucas bromde meer in zijn baard, hoewel hij geen baard had, wel hangwangen en een onderkin, die hem dat snoezige ronde leonbergergezicht gaven waarin geen kwaad school. Vivienne zei op geheimzinnige toon: 'Ze zit in het bad, meneer Visch, ze gaat op krankzinnige tijden in het bad, dat doen wij allemaal, het is een familiekwaal.'

Dora moest zich inhouden om niet op te springen en naar buiten te lopen. Ze wilde deze opmerking van Vivienne ten stelligste ontkennen. Ze was helemaal niet zo'n type dat altijd maar in bad zat, altijd maar bezig met eigen comfort en uiterlijkheden. Was ze maar zo lichtzinnig en gelukkig dat ze zich de luxe van nodeloze baden durfde te veroorloven. Bij zo'n vrouw had Nils wél willen blijven.

'Reuze ijdeltuiten zijn we en iedereen wordt gek van ons,' hoorde ze haar dochter lachend zeggen. Dora borg het hoofd nog dieper in haar handen. Ze moest zich onder handen nemen, zich beter inprenten dat ze er níet was. Ze had besloten om afwezig te zijn, uitgesloten van deelneming aan het gewone leven.

'Nou goed, als u niet mee naar binnen wilt, dan wacht u toch even op dit muurtje? En dan ga ik haar wel halen.'

'Ach, laten we hier samen een poosje blijven zitten, ze zal zo wel komen aanlopen.' De lieve Lucas bedelde zowaar om nog een beetje uitstel voor Dora. Er werd haar tijd gegund om haar belachelijke afwezigheid te beëindigen. Alles kon nog goed komen!

Vivienne en Lucas zouden zich nestelen op het roodstenen muurtje, dat in de lente vaak al lekker warm was.

Vivienne zou niet lang stil blijven zitten, daar was ze te levenslustig en te ondernemend voor. Ze ging Lucas Visch beproeven. Ze zou zijn bestendigheid testen. Hoe lang zou het duren alvorens ook deze brave man voor haar viel?

Ze zou zich van het muurtje laten glijden en uitdagend naar hem kijken met haar zeegroene, scheefstaande ogen. Dan zou ze schijnbaar onverschillig haar lenige lijf laten gaan in een dans van uitdagende sprongen en verleidelijke pirouettes.

Lucas zou niet weten hoe hij het had en waar hij het moest zoeken. Wat moest hij doen? Hij zou zijn schuwe blikken nergens op durven richten, niet op de rossige bossen krulhaar, niet op de marmerwitte hals en zeker niet op de kleine, stevige borsten die met hun eigenares op de maat meedansten.

Hij zou machteloos het hoofd afwenden als zij gretig met haar smalle heupen draaide en wiegde. Hij zou de donkergroene blik die ze over haar schouder naar hem wierp ontwijken en haar dikke pruillip niet willen zien.

Vivienne zou zich niets van zijn afzijdigheid aantrekken, zijn gedrag zou haar juist aansporen tot nog groter vurigheid. Zij leek de incarnatie te zijn van een vreemde, een oosterse spionne wellicht. Dora en Nils waren zesentwintig jaar geleden van dit ontembare wezen slechts de nietsvermoedende doorgeefluiken geweest.

Er klonk een vraag van Lucas, vertrouwd en veilig, ook al waren zijn woorden niet te verstaan voor iemand die onder het raam op de grond lag. Vivienne reageerde erop, alsof ze voor een publiek sprak: 'O zeker. Ik heb aanbidders genoeg. Maar mama ook. Die plegen hier in rotten van drie op de stoep te staan.' Zij schaterde tot boven de huizen uit.

'Maar ze hebben niet allemaal van die mooie bloemen bij zich,' voegde ze er op halve kracht aan toe en het klonk ineens bemoedigend en troostend, alsof ze een sip jongetje toesprak.

Dora gloeide alsof er duizend spelden in haar werden gestoken, ze schaamde zich diep. Ze trok handen en voeten naar elkaar toe, kromde zich, rolde zich op als een bal, probeerde zich vervolgens de vloer in te klauwen. Waarom stond ze niet op en liep ze niet gewoon naar het muurtje? Zette zich erop neer in het bleke middaglicht, streek de haren weg van haar voorhoofd, geeuwde en mompelde verheugd: 'Gossiemikkie, ik dacht al dat ik stemmen hoorde... en daar zijn jullie dan! Lieverds van mij!'

Niemand zou haar iets kwalijk nemen.

Maar het lukte niet meer. Ze was al te ver heen, het geheime spel eiste van haar dat ze het speelde tot het bittere einde.

Hoe lang was ze van tevoren al niet bezig geweest om de zonwering in een zodanige stand te plaatsen dat er van buitenaf niets te zien viel, binnen, maar dat er nog wel voldoende licht doordrong, hoewel de goede God mocht weten waar dat voor nodig was, voldoende licht. Zijn falende evenbeelden kwamen toch zeker veel beter uit in de duisternis.

Zij was er honderd procent zeker van dat zij binnen voor het oog van de buitenwereld onzichtbaar was. Om het zekere voor het onzekere te nemen vergewiste zij zich er bovendien meermalen per dag van of alles nog steeds in orde was. Of haar behuizing nog voldoende bescherming bood indien dit nodig zou zijn.

De schreeuwerig blauwe gemberpot was haar doelwit. Indien Dora met bril op, met toegeknepen ogen, met haar voorhoofd tegen het vensterglas aan, de gemberpot niet kon ontwaren, dan was alles veilig. Dan bood het binnenste van het huis aan de buitenwereld de aanblik van een troebel aquarium, waarvan men slechts kon gissen of zich daarin nog leven bevond.

Al deze overwegingen op dit moment hielden haar maar aan deze plek gebonden, terwijl ze al boven had kunnen zijn.

Ze had ongehaast naar boven kunnen schrijden, zonder zich ergens zorgen over te hoeven maken.

Nu gierden de zenuwen door haar lijf terwijl ze zo snel mogelijk de trap op sloop naar de eerste verdieping. Het was meer strompelen dan sluipen. Ze voelde zich als een uit zijn hol gejaagd nachtdier. Op de overloop viel ze, door een verkeerde beenzetting. De verleiding was groot om te blijven liggen waar zij met nogal dof geweld was neergekomen. Maar op dat moment, ze hoorde het, betraden haar dochter en haar nieuwe vriend het huis.

Dora krabbelde op en bereikte de deur van haar

slaapkamer, ze greep de klink vast en rekte zich uit om te luisteren.

Van hieruit kon ze niets verstaan, maar uit het geluid van vooral Viviennes stem leidde Dora af dat de twee in de eetkamer of de keuken waren beland. Als ze in de voorkamer kwamen, zouden ze haar sandalen zien staan, ze stonden nog onder het raam, half weggeschoven onder de verwarming. Op zichzelf zei dit niets, overal in huis slingerden Dora's schoenen rond, tot op de zitbanken toe, echter nimmer op tafel.

De jonge, donkere stem schalde door de gang: 'O schei uit, zeg, zij windt iedereen om haar vinger, zij laat iedereen naar haar pijpen dansen.' De klokkende lach.

Vergenoegd brommen van Lucas.

Viviennes gekraai.

'Ik zou het niet weten, hoor, maar bent u hier echt nog nooit eerder geweest? Nou, dan ga ik wel even kijken, misschien... slaapt... ze...'

Bij de laatste woorden stormde ze naar boven. Dora liet aan de binnenkant van de deur haar vingers van de klink glijden op het ogenblik dat Vivienne de hare er juist aan de buitenkant op legde. Moeder en dochter drukten elkaar in een flits onzichtbaar de hand, bedacht Dora, die als de bliksem haar wastafelkast binnen schoot.

Ze hield zich nadrukkelijk zoet met het vertederende beeld van Viviennes vingers die onzichtbaar de hare raakten, om andere opkomende onwelkome gedachten te weren.

Was ze maar in bed gaan liggen, in haar smoezelige

joggingpak, dan had ze alles nog heel gewoon kunnen laten lijken en ten goede kunnen keren. Dan was ze bijvoorbeeld moe van het tuinieren geweest. Daarna, om de spieren op peil te houden, had ze nog even een rondje hardgelopen door bos en duin. En dan was het tukje, voordat het bezoek zou komen, welverdiend geweest en nodig om de geest op te frissen. Vivienne had haar dan op dit ogenblik met een omhelzing gewekt en straks zouden ze er allemaal hartelijk om kunnen lachen en het leven was zijn normale loop weer gegaan: 'Och, lieve Vivi, zet jij thee, dan ga ik meteen aan de scones beginnen...' De middag was niet verloren geweest.

Nu stond haar dochter in de slaapkamer. Ze had waarschijnlijk met haar scherpe verpleegstersblik al geconstateerd dat het bed, door één persoon beslapen, heden om een uur of elf in de ochtend door dezelfde persoon was verlaten en dat die persoon naar de kelder was gegaan waar de diepvrieskist stond.

Deuren knalden, de een na de ander, de laatste met een radeloos gekreun. Welke deur knalde op die speciale manier? De deur hiernaast, de deur van de badkamer? Nee, de deuren van het balkon. Vivienne smeet met de balkondeuren en dat namen die niet licht op. Waarom deed ze het, wat had ze op het balkon te zoeken? Dora begreep dat zij de laatste was die zich dit geërgerd mocht afvragen. Haar dochter was op zoek naar haar, die zich als een getikte had verborgen in een wastafelkast. Haar dochter was medeslachtoffer van deze waanzin, was er misschien nog wel ernstiger door getroffen dan Dora die er, hoe schandelijk ook, een zeker behagen in schepte om zich te verbergen voor de hele wereld, die er bevrediging in vond om onzichtbaar te zijn, die met stijgende wellust onderging dat anderen tevergeefs naar haar zochten.

Aan die lust had ze zelfs haar kind geofferd, al suste ze zich met de gedachte dat het kind haar en haar kuren nu lang genoeg kende en te slim was om er telkens opnieuw in te trappen.

Vivienne trapte er echter ook niet meer in, ze deed hoogstens alsof, omdat ze haar moedertje daarmee een plezier wilde doen.

'Mama, oehoe, mama, waar ben je? Kom nou toch te voorschijn, mens!'

Dora stelde zich voor hoe haar dochter de kamer verliet, zich over de trapleuning boog. Ze hoorde haar naar beneden roepen, met een ondeugende ondertoon: 'Ze is er niet, echt niet, volgens mij!'

Zag Vivienne al een beetje een nieuwe vader in Lucas, of een leuke oom misschien? Waarom ook niet?

Dora zat weer gehurkt, met haar hoofd tussen haar knieën, waarvan de rechter beurs aanvoelde door de val op de overloop, maar de pijn deerde haar niet meer. Dat ze toch huilde, kwam omdat ze begaan was met Vivienne die, sinds Nils ervandoor was, ook geen vader meer had. Of kon het Vivienne niets schelen dat haar vader met zo'n jonkie samenwoonde, met een meisje dat maar drie jaar ouder dan zijn dochter was? Vond Vivienne het juist wel grappig dat zij zomaar een stiefmoedertje had dat haar zusje kon zijn?

Als Dora nu echt moest snikken, ouderwets en met

lange uithalen, kon ze niet blijven hurken, de concentratie op het evenwicht werd door onmatig vertoon van verdriet verstoord. De kast was groot genoeg om languit te gaan liggen, op de grond lag een oude warmwaterkruik, die een hoofdkussen vormde. En de fles wodka stond als vanouds vlakbij in de prullenmand. Wat was erop tegen lekker languit te gaan liggen? Erop tegen was dat liggend drinken te moeilijk ging. Daarom hadden ze er in ziekenhuizen aparte kommetjes voor met een handig tuitje eraan. Had Dora op dit ogenblik maar zo'n kommetje bij de hand. Of desnoods een gewoon glas. De fles direct aan de mond was te veel van het goede en dan ook nog liggend, dat liep slecht af. Lag ze eenmaal uitgestrekt, dan kon ze trouwens ook niet meer horen wat zich beneden afspeelde.

Maar ze wist het allemaal al.

Ze wist dat Lucas zou vallen voor Viviennes charmes.

Hij zou peinzend zeggen: 'Waar ken ik je toch van, lieve kind? Ik ken je ergens van, eerlijk waar, maar ik weet niet meer waarvan.' Waarop Vivienne raadselachtig zou opmerken dat zij het wel wist, nou en of! Misschien liet ze zich ontvallen dat Lucas dus niet zo braaf was als hij zich voordeed. Lucas Visch zou glimmen van genoegen. Hij niet braaf? Kom, kom, dat kon ze niet menen. Ze kende hem nog niet. Maar daar kon verandering in komen! Haar lieve moeder was de afspraak waarschijnlijk vergeten, maar daarom kon het nog wel wat worden met de Engelse theepartij. Mocht hij Vivienne een Engelse thee aanbieden in een luisterrijke gelegenheid naar keuze? Vivienne zei uiteraard nee, omdat ze niet in haar hagelwitte doch hier en daar decoratief met bloed bespatte uniform in het openbaar wilde verschijnen.

Lucas zou vragen: 'Maar wat is erop tegen om je te gaan verkleden?'

'Ik woon niet meer hier, mijn kleren liggen in mijn kamer bij het Westeinde,' deelde Vivienne zelfbewust mede.

Lucas wist daar wel raad op. 'Dan gaan wij toch gewoon een jurkje voor je kopen bij de Bonneterie, daar hebben ze ook wel thee voor twee.'

Dora zag voor zich hoe Vivienne als een koppig kind nee zou blijven schudden, totdat Lucas haar eindelijk een arm gaf en haar de tuin uit voerde en zij, nog een beetje tegenstribbelend, nog een paar keer omkijkend, schoorvoetend met hem mee zou gaan.

'Kunnen we mama wel alleen laten?'

'Maar jouw mama is er immers niet,' zou Lucas Visch haar troosten.

'Ze is er wel, maar ze wil niet te voorschijn komen,' zou Vivienne kunnen zeggen. Ze zou een traantje wegpinken. Ze zou kunnen schreeuwen: 'Mijn moeder is gek en ze zuipt zich kapot en er valt met haar niet te leven!'

Maar ze zou even heel diep zuchten en dan toch maar niets zeggen. Het was te ingewikkeld en het duurde te lang om uit te leggen hoe het zat en waar het misschien van kwam.

En ze waren ondertussen de hoek omgeslagen en het huis, met daarin het probleem, was uit zicht.

Ongemerkt haalden beiden opgelucht adem.

Keuvelend en kletsend, met de hoofden dicht bij elkaar, wandelden ze helemaal naar het Noordeinde, waar Lucas de dochter van Dora in de mooiste en duurste winkel het mooiste en duurste jurkje zou aanpraten. Wat hij zou betalen van geld dat hij misschien wel had gestolen uit enveloppen.

Dan was het al veel te laat geworden voor thee. Dan was het tijd voor iets sterkers! Het was een ongelooflijk avontuur voor Lucas om op stap te zijn met zo'n beeldschoon jong meisje, dat noch zijn minnares, noch zijn dochter was. Lucas wilde niet dat aan dit geluk ooit een einde zou komen.

In een donkerrode taxi zouden Vivienne en Lucas Visch laat in de middag naar Auberge de Kievit rijden om te dineren terwijl de zon onderging. Er was geen zon vandaag.

En je kon hem trouwens bij de Kievit niet zien.

In het schemerduister van de wastafelkast poogde Dora op haar horloge te kijken. Hoe laat was het al? De uren waren omgevlogen. Het zou niet lang meer duren voordat de zon onderging. Ook al was het de ganse dag bewolkt geweest, als de avond viel, kwam aan zee de zon altijd terug om als een stokoude actrice voor de meer dan zoveel miljoenste keer dramatisch en spectaculair afscheid te nemen.

Wat er ook verpest was aan en rondom zee, de zonsondergang deed er niet aan mee.

Dora was vaak gaan kijken, wandelend met de hond langs de branding.

De hond was dood.

Nils was van mening dat het beter was als ze niet meteen weer een nieuwe nam. Hoezo, niet meteen? Er waren alweer vijf jaren verlopen zonder hond. Hij kon de pot op, die man. Hij deugde niet. Hij stelde nul komma niks meer voor in haar leven. Anders was ze toch nooit pardoes aan een wildvreemde begonnen?

Het was beter geweest als haar man was gestorven en haar hond blijven leven.

Het was goed om in de wastafelkast even op adem te komen.

Het was stil in huis, zo stil dat ze het raamkozijn in de slaapkamer kon horen piepen, terwijl de wind erlangs naar binnen gleed. Of was het een plank in de vloer waarover een voetstap ging?

Ze riep de eerste de beste naam die in haar opkwam, maar ze wist natuurlijk wel dat er geen antwoord zou komen. Die rotzak had hier niets meer te zoeken.

Maar ze had toch ook het kraken van de traptreden gehoord?

Was er dan niemand die naar boven kwam? Dora spitste haar oren.

Niemand die haar eindelijk kwam bevrijden?

Gezegende stilte, je kon schreeuwen, snotteren en vloeken zoveel als je wilde.

Maar wat had je er eigenlijk aan, als niemand je hoorde?

Pianoles

Een muziekinstrument heeft een ziel. Als klein kind wist ik dit al, voordat ik kon lezen en schrijven, voordat ik was aangetast door degelijk Hollands onderwijs. Wij kwamen immers uit Nederlandsch-Indië en daar was alles behept of geladen met een ziel. De ziel zag ik, bij wijze van spreken, eerder dan het instrument.

Dat dit niet louter uit een ziel bestond, maar ook een lijf had, wist ik natuurlijk best. Ik had zelfs een kortstondige, opwindende kennismaking achter de rug met de viool van meneer Driessen. Maar zowel meneer Driessen als zijn viool, die hij bespeelde in plaats van les in aardrijkskunde te geven (waarschijnlijk omdat hij het onzinnige en gevaarlijke van aardrijkskunde in die dagen niet op ons wilde overbrengen), was ineens verdwenen, zoals in Holland alles ineens kon verdwijnen, om het even of het levende wezens, voorwerpen of gebouwen om je heen waren. En dat terwijl ik alleen maar gewaarschuwd was voor het weer. Het heeft jaren geduurd eer ik besefte dat bommen die uit een helderblauwe meilucht kwamen zetten, níet behoorden tot het Europese weertype maar het gevolg waren van een wel zeer ongelukkige samenloop van omstandigheden: de oorlog.

Na de oorlog kwam een piano in ons huis, die werd begroet als een oude opa, teruggekeerd van een lange reis. Er werd gezegd dat ook hij ergens ondergedoken was geweest en goddank gespaard was voor het barbaarse geweld. Ik bekeek het gevaarte met verbazing. Ik had immers op een zacht, vriendelijk huisdier gehoopt en er ook een verwacht. Van de kleine, verdwenen poezen was er toch ook al een teruggekomen en niet eens grijs, zwart en hongerig, zoals-ie was geweest, maar luisterrijk wit en glanzend van gezondheid. Zo moest het met de wonderbaarlijke wederopstanding maar voortgaan totdat alles weer bij het oude was. Behalve chocoladerepen dus ook Dora Snoek terug en twee draadharige foxterriërs die ik goed had gekend, enzovoort, enzovoort. Doch verre van dat, onnodig het te zeggen eigenlijk.

Toch volhardde ik in de illusie dat alle dingen op hun pootjes terecht zouden komen, in een andere kleur misschien of eventueel in een geheel andere gedaante dan maar, maar terecht... en terug.

Eerst probeerde ik de ziel te zien van het instrument dat met zoveel eerbied was binnengehaald. Maar ik zag geen ziel. Het gaf zijn ziel niet zomaar prijs. Het instrument zelf zag ik echter des te beter. Je kon er niet gemakkelijk omheen, log en fors als het was. De piano nam heel veel plaats in en deed dat met grote vanzelfsprekendheid. Er kon geen plant meer bij in de serre, want die ruimte had hij helemaal nodig voor zichzelf. Om liefkozingen vroeg hij niet, hij bleef onbeweeglijk en onbewogen als je aandachtig zijn harde zwarte huid aaide. Hij gaf je slechts, onverschillig spiegelend, je eigen onbeholpen beeltenis terug.

Ik vroeg mij af welk dier hij in zijn vorig leven was geweest of welk dier hij misschien nog wás. Het leek me sterk dat hij de andere verdwenen poes zou zijn. De dolle hond leek waarschijnlijker, die ik ook alweer lang geleden door een snel en stiekem autootje had zien weghalen nadat hij een paar uur aan de overkant van de straat had gelegen en kleine stukjes in het rond was gekropen, de bek open, de ogen bol van angst, maar nee, zo treurig als die hond was de piano niet, wel even huiveringwekkend, maar op een heel andere manier.

Het bleek dat de piano door mij zou worden bespeeld. Aanvankelijk leek mij dat inderdaad voor hem het beste, al had ik er zelf weinig zin in. Maar men moest zo'n bewegingloos wezen met zo'n star gebit en zo'n harde huid toch tot leven proberen te wekken, welke opofferingen dat ongetwijfeld met zich meebracht. Ik had mijzelf behoorlijk overschat.

Algauw werd duidelijk dat de piano noch ik welvoer bij ons samenzijn van ongeveer één uur dagelijks. De piano bleef zich gedragen als een hooghartig meubelstuk en gaf geen stukje van zijn ziel prijs. En waarom ook, als er niets anders aan hem werd ontlokt dan etudes en vingeroefeningen van Czerny en stom gepingel van Petri, door iemand die heus wel van goede wil was, maar meer ook niet. Ik haalde het niet in mijn hoofd om hem te knuffelen en te vertroetelen, zoals ik wel volop deed met de witte poes en de inmiddels ook gearriveerde, alias teruggekeerde, kastanjerode hond. Eén keer had ik de piano gestreeld en toen was hij er koud onder gebleven. Ik durfde het niet nog eens te proberen.

Evenmin vond ik dat ik hem moest slaan omdat hij niet deed wat ik wilde. Misschien was het zijn schuld niet eens en wilde ik te veel. Ik stelde immers hoge eisen aan de piano, eisen waaraan hij onmogelijk kon voldoen. Bijvoorbeeld dat hij een pianola zou worden.

Dit wonder had ik bij een vriendinnetje thuis aanschouwd. Het was daar altijd een vrolijke boel, niet alleen omdat ze rooms-katholiek waren en een drankwinkel hadden, maar bovenal omdat een strenge vaderhand ontbrak. Vermoedelijk hadden zij die pianola juist om de afwezige te eren. Zijn portret stond erbovenop, gevat in een zilveren lijst, en je kon je voorstellen dat zijn schim op het krukje plaatsnam wanneer de pianola het repertoire afrolde. Mooi klonk het niet, maar wel moeilijk en dus in onze oren buitengewoon volwassen. Toch ging ik na verloop van tijd twijfelen aan het nut van een krukje bij een pianola. Was dat eigenlijk geen aanstellerij, zoals een zonnebril opzetten terwijl de zon niet eens scheen? Het instrument daalde in mijn achting.

Het kende ook maar weinig deuntjes uit zijn hoofd. Natuurlijk had het wel een ziel, maar was die interessanter of eerbiedwaardiger dan die van een rekenliniaal of een kassa?

Bij mijn piano vond ik het krukje, behalve noodzakelijk en er onverbrekelijk bij horend, nog wel het fraaiste en meest meegaande onderdeel. Fraai omdat het een zitting had van pauwblauw fluweel en meegaand omdat het bij de geringste aanmoediging omhoog of omlaag draaide. Meer mocht men er niet van vergen en meer hoefde het ook niet. Was mijn piano maar een zeilboot! Ook mooi immers, ook van hout. En je kon ermee weg en niet uitsluitend in de geest. Een paard. Een paard, daar zou ik wel mee uit de voeten kunnen. Was mijn piano maar een paard. In het circus zag ik mevrouw Regina Strassburger hogeschoolrijden op grote witte paarden en op grote zwarte paarden. Intussen had ik ervaren dat er grote witte piano's en grote zwarte piano's zijn en dat de mijne bij lange na de enige niet in zijn soort was. Het was denkbaar dat paarden ook niet zo gewillig waren als zij er soms uitzagen. Al had mevrouw Strassburger een prachtige, donkerrood gelippenstifte glimlach, terwijl zij en haar paarden hun sierlijke kunsten vertoonden, langzaam aan begon ik te vermoeden dat daaraan, ook aan beide zijden, veel bloed, zweet en tranen te pas waren gekomen.

Mijn besluit viel.

Bloed, zweet en tranen wenste ik aan het koele gevaarte niet te verspillen. Het omgekeerde mocht evenmin gebeuren. Dan maar geen Rachmaninov voor ons. Ik deelde mee dat er voortaan door mij verder gemusiceerd zou worden op de viool. De viool! Zij was een oude bekende. Een zo oneindig veel gracieuzer verschijning dan die norse zwarte hengst die stijfkoppig in onze serre stond. De viool oogde altijd lieftallig en handzaam, poezig zeg maar, en ze bezat bovendien, en dat bekoorde mij nog het meest, een zo klaaglijk geluid dat je niet anders wilde dan haar troosten, met een hart overvloeiend van genegenheid.

De reacties op mijn mededeling waren onthutsend. 'Jij? Een viool? Allemachtig! En je martelt die arme piano al zo.'

Ik wist niet wat ik hoorde. De piano, met zijn glanzende pantser waarin hij jou afspiegelde als de sukkel die je was, die liet zich toch niet op zijn kop zitten? Zou ik hem heus hebben gepijnigd, dat bakbeest met al zijn tanden en zijn vier harde poten? Ja, als ik daartoe in staat was, dan moesten de violen van mijn toenaderingen verschoond blijven. Mijn handen zouden de mollige bruine lijfjes vermorzelen, ik zou de tere, melancholieke zieltjes tot stervens toe verwonden.

Maar al was ik dan blijkbaar aan de piano gewaagd, ik zette mijn strijd met hem niet meer voort. Ik sloot zijn klep en maakte een beleefde buiging als afscheidsgroet: wat mij betreft, hoefden wij elkaar nooit meer te zien.

En toen, zes, zeven weken later, toonde de piano op ongelooflijke wijze zijn dankbaarheid voor mijn besluit. Ik wist niet beter of hij had al die tijd als gewoonlijk hooghartig staan zwijgen en spiegelen in de serre, maar wat had ik hem schromelijk miskend. Hij had een hart en een ziel en ook nog een grote, begrijpende buik. Daarin gonsde en snorde en rumoerde het van nieuw leven. Vier jonkies hadden de poes en de piano samen, twee zwarte en twee witte.

Margot met bril

Ze drentelt na schooltijd altijd even om de kiosk heen, ze is nieuwsgierig naar de wereld van romantiek en avontuur.

Glimpen van die wereld zijn te ontwaren op de omslagen van al die tijdschriften. Ze zou romantiek en avontuur ook wel in het echt op de televisie willen zien, maar naar zulk soort programma's wordt bij haar thuis niet gekeken.

De dikke vrouw met het trollengezicht die bij de kiosk op het plein hoort alsof zij de pad bij haar paddestoel is, zit zoals altijd in haar luik onverstoorbaar te lezen, met een beker koffie en een rol pepermunt bij de hand.

Margot staat aan de zijkant bij de modebladen als ze achter zich een rasperige mannenstem hoort die nogal hard zegt: 'Van jou, lekkere meid, vreet ik wat graag een meter stront.'

Margot tuurt nog even naar een groot koel damesgezicht achter glas, dat een onwaarschijnlijk klein pruimenmondje trekt. Ze vraagt zich af of ze het goed heeft verstaan.

Dan draait ze zich om.

De man zit op zijn fiets en steunt met een voet op de grond. Hij kijkt haar brutaal grijnzend aan. Hij is behoorlijk oud, hoewel niet zo oud als haar vader. De zon schijnt op zijn rossige krullen, die net zo fonkelen als hijzelf.

'Ik heb u niet goed verstaan. Meneer,' zegt ze met haar visitestemmetje.

Het woord 'meneer' voegt ze er, nadenkend, pas na een pauze aan toe.

Maar dan schrikt ze van zichzelf, hij mag niet denken dat ze het nog een keer wil horen. Ze verbeeldt zich nu zelfs dat ze een kleur krijgt en zonder dat ze het eigenlijk wil rollen de woorden eruit.

'Ik heb u best verstaan hoor.'

Ze slaat gauw met haar schooltas tegen het stuur van zijn fiets. Ze doet alsof ze de man met haar tas van zich afslaat, maar dat is niet zo, hij zou niet eens weg kunnen want ze houdt ondertussen met haar linkerhand zijn stuur vast. De man kijkt nu kwaad.

'Rot op, loeder,' zegt hij dreigend en hij trekt driftig aan het stuur en scharrelt onhandig achterwaarts.

Dit kost hem veel tijd en ze kan hem goed bestuderen, al heeft ze hem zonet in een oogopslag eigenlijk goed genoeg gezien. Ze weet al veel van hem, denkt ze.

De man hoort absoluut niet thuis in deze buurt.

Hij is een ontsnapte circusbeer.

Een beer op een racefiets. Om zijn kolossale lichaam zit zo'n grappig te klein, geruit hemdje gespannen en hij kijkt eigenlijk ook zielig.

Zijn spijkerbroek hangt op vijf voor halfzeven en is vol gore vlekken alsof hij ermee door de modder is gerold. Zijn haar is zo vet dat de krullen op zijn schouders erbij liggen als gebraden saucijzen.

Een beer van een man, die doet denken aan varkens en aan spek, aan pekel, aan zuurkool, aan bergen geprakte aardappels. Margot voelt het geheimzinnige woord 'labskous' in zich opwellen en ze drukt gauw haar knieën hard tegen elkaar om al te grote opwinding binnen te houden.

Wat zou het nu mooi zijn om een portiek in te vluchten en de man toe te roepen: 'Tikkie met verlos', dan moest hij haar achtervolgen. Het is een kinderachtig spel, zij heeft het al eeuwen geleden voor het laatst gespeeld en hij, die zo oud is, zal het wel helemaal zijn vergeten. Een portiek met een uitgesleten stenen trap, de drenzende stank als van een urinoir en dan daarboven een duister hol, waar warempel mensen wonen, zulke dingen bestaan, maar natuurlijk niet hier. Hier zijn alleen maar saaie brede lanen met allemaal dezelfde dikke oude bomen en dezelfde saaie grote huizen.

Er zijn hier in geen velden of wegen portieken te bekennen. Het woord alleen al wordt hier zelden gebezigd, er kleeft iets aan van armoede en zonde, iets van wat er niet hoort te zijn. In combinatie met het vorige woord, dat ze dapper nog eens denkt, 'labskous', wordt het haar te veel. Portiek en labskous, daar gaat ze van stotteren met haar voeten, zoals ze dat noemt.

Daarvan verliest ze nu echt haar evenwicht. Ze moet zich opnieuw met een hand vastgrijpen, met de andere hand klemt ze haar ouderwetse, roodleren schooltas tegen haar buik. Stevig houdt ze zich vast aan het stuur van de fiets.

'Lós, geile teef,' sist de man woedend, tegelijk schichtig om zich heen kijkend. Margot proeft een lauwe geur van verrotting die hij uitstoot als hij spreekt, of denkt ze dat er maar bij, om het nog erger te maken dan het al is? Zijn uitpuilende bruine ogen, waarmee hij haar zojuist nog zo fonkelend bekeek, schieten nu vol bloed van razernij.

Ze weet niet wat haar overkomt, wat haar boven het hoofd hangt, maar ze wil het stuur niet loslaten. Door zijn brede, platte neus zou ze met gemak haar gouden slangenarmband met de saffieren oogjes kunnen halen, daaraan zou ze hem kunnen rondleiden.

'Om hem aan den volke te vertonen!'

Ze heeft zoiets eens op een afbeelding gezien, ze herinnert zich niet meer waar, maar wel weet ze nog dat ze zich er niet vrolijk om had mogen maken. Waarschijnlijk was het weer iets dat haar moeder 'niet correct' zou noemen, maar dat telt nu natuurlijk niet, dat kan haar ook geen barst schelen trouwens, wat haar moeder denkt. Margot weet dat ze totaal anders is dan haar moeder.

Ze wil hardop lachen om die domme, vieze beer van een man, die aan haar armband wordt rondgeleid, al zal lachen op dit ogenblik ook wel weer ongepast zijn, maar het is wel voor het eerst na lange tijd dat ze weer eens wil lachen, eigenlijk voor het eerst sinds ze haar bril heeft en dat rotding zowel binnen als buiten moet dragen van mammie.

Die bril heeft ze overigens vandaag voor het eerst buiten opgezet om de bladen in de kiosk beter te kunnen zien en bijna op hetzelfde moment kwam toen die man met zijn idiote opmerking, dus daar mag ze best vreselijk om lachen. Ze heeft nooit gedacht dat het kon: lachen met bril op.

Nu herinnert ze zich dat de man die op het plaatje aan een gouden ring werd rondgeleid, een negerslaaf was. Dat klopt hier dus ook niet, want deze man is beslist geen neger, deze man is nog bleker dan zijzelf, dat kan bijna niet, maar het is toch waar, deze man is gewoon beige van tint, doorschijnend als te gaar gekookt spek, ja, nu kan ze haar lachen helemaal niet meer houden, sorry hoor: zij, met de man van spekvet aan haar armband, een rondje makend over het plein, langs de ouwe totebellen van drogisterij De Koedoe, die haar nota bene 'juffrouw Margot' noemen en dan langs meneer Frits van de boekhandel, hij met zijn grijze hangsnor, die haar altijd uit dunne boekjes zulke langdradige gedichten voorleest. En zo verder. Ze ziet het voor zich, ze gaat voetje voor voetje het plein rond, ze vertoont de man en beveelt hem zich langzaam om en om te draaien zodat iedereen hem goed kan bekijken, ze lispelt: interessant, vindt u ook niet, zeer interessant. Dit is mijn slaaf! Ik heb hem bij de kiosk gevangen! Wat kijken ze allemaal geschokt.

Ze kromt zich naar voren, kramp in haar buik van het gieren, ze hangt half over zijn stuur heen, haar hoofd drukt in zijn bolle buik, haar hoofd ligt tussen zijn blote armen, zijn mouwen zijn tot boven zijn ellebogen opgestroopt.

Ze gluurt opzij en ziet zo'n arm, die is bijna even

breed als zij, maar de arm is rossig behaard en overal zitten gore korsten, net zo'n huid had haar arme, oude hond. Maar wat ze nu ineens ziet, is te erg en niet te geloven, onder die smerige haren ligt een levend wonder: zeegroene en diepblauwe, ademende voorstellingen van vogels en draken en bloedrode rozen rond een roetzwart hart.

Tatoeages. Dit moeten tatoeages zijn, denkt ze bevend. Wat een geluk dat ze zoveel leest, tot diep in de nacht, waarvoor ze volgens haar moeder als straf haar bril heeft verdiend, maar door al dat lezen is ze tenminste op de hoogte van het bestaan van allerlei dingen. Alleen matrozen en misdadigers hebben tatoeages, echte, wel te verstaan. Geen plakplaatjes of andere laffe namaak die je er weer af kunt halen. De tatoeëringen van deze man zijn door een naald in zijn huid gegraveerd en hij zal ze meenemen tot in zijn graf. Ze lijken al eeuwenoud.

Pappie is rechter en heeft er zeker velen gezien die zijn getatoeëerd. Maar dan op afstand, niet zo dichtbij als zij nu.

In 3 bèta zit een jongen, Tycho, die is een dag van school gestuurd omdat hij de naam van een meisje in inktpotlood op zijn pols had geschreven. Het meisje liep een week lang met gebogen hoofd rond, alsof zij er wat aan kon doen. De rector zei tegen Tycho: 'Op deze wijze maakt men zijn gevoelens niet kenbaar.' Maar deze man heeft zich vast nog nooit ergens iets van aangetrokken. Zorgeloos heeft hij al zijn gevoelens in zijn lijf laten etsen, onuitwisbaar, voor levenslang.

Ze knikt heftig ja, als blijk van instemming, zij zou zelf wel, maar dat durft ze niet verder te denken wat zij zelf wel; het enige dat ze kan doen, is even met haar haren, haar door mammie en de tantes tot vervelens toe bezongen zilverblonde haren, die dagelijks worden geborsteld en dagelijks met babyshampoo worden gewassen, met die schone, vertroetelde en van niets wetende haren moet ze maar eventjes aan die schandelijke merktekens raken. Ze strijkt met haar hoofd langs de getatoeëerde arm.

Met een ijzeren knuist draait de man het feeënhaar als een kwast bij elkaar en trekt haar er hardhandig aan omhoog.

'Ben je nou klaar met je getreiter, kuttenkop?' bijt hij haar toe. 'Jezus, ik vroeg je toch enkel hoe laat of het was.'

Alvorens hij er voorgoed vandoor gaat, ziet ze nog net hoe van onder zijn hemd een schaterlachend vrouwenhoofd verschijnt, met een in tweeën gespleten, vulkaanrode mond en knalgele wolken haar eromheen, onweerswolken. Lijkt de vrouw niet op een zangeres die ze weleens in zo'n tijdschrift heeft gezien?

Evengoed had het Margot zelf kunnen zijn.

De man is verdwenen. Margot raapt haar tas van de grond. De man heeft haar nog een flinke zet gegeven en toen is haar tas gevallen, of had ze haar tas al eerder expres laten vallen? Het kan haar niets schelen, de tas vond ze een jaar geleden of misschien een paar weken geleden nog wel mooi, nu begrijpt ze niet waarom ze iedere dag op pad wordt gestuurd met zo'n sloom geval vol boeken waar je weinig uit leert.

Ze drentelt nog even, voor de goede orde, om de kiosk heen en kijkt met verbazing naar de schijnheilige gelaten van dames, die ze zonet nog spannend en benijdenswaardig vond. Wisten die achterlijke trutten veel.

Haar eigen beeltenis bevalt haar nu beter. Bril of geen bril, het is waar, ze is anders dan iedereen hier. Misschien had de man dat wel herkend. Zij gaat nog van alles beleven waar niemand hier ook maar van durft te dromen.

In de weerspiegeling van het glas ziet ze aan de overkant van de straat mevrouw Korenhof en haar spaniël rondscharrelen. Hoe lang stonden die twee er al? De hond moet haar hebben opgemerkt, ze is zijn beste vriendinnetje, hij herkent haar van straten ver. Zij zou hem trouwens vanmiddag uitlaten, schiet haar te binnen, mevrouw Korenhof is daar 's middags te moe voor.

Margot rukt zich los van de kiosk, de man is toch in geen velden of wegen meer te bekennen.

Trippelend steekt ze over en de spaniël vliegt tegen haar op.

'We waren al een uur lang naar onze kleine Margot aan het uitkijken,' jammert mevrouw Korenhof, 'en ze kwam maar niet. Toen heb ik gezegd: Charleyboy, dan gaan we ons kleine vrouwtje wel uit school halen. En daar is ze dan eindelijk.'

Margot wil een keurige smoes bedenken, excuses maken, maar ze vindt het ineens te veel moeite. Ze wordt straks toch aan een verhoor onderworpen.

'Dit weer is slecht voor mijn heup,' klaagt mevrouw Korenhof. ''t Is immers veel te warm voor de tijd van het jaar!'

Margot neemt Charley aan de lijn en ze wandelen langzaam verder, bij elke boom wordt even gedraald. De weg naar huis zal lang duren op deze manier, maar het deert haar niet, ze weet wat haar wacht. Mevrouw Korenhof bespiedt haar al de hele tijd van opzij, mevrouw Korenhof kan zich nauwelijks bedwingen hardop te kraaien: dat ze de man en Margot heeft gezien, dat ze alles weet! Maar toch kwebbelt ze fatsoenshalve eerst nog door over haar kwalen.

Pas bij de hoek, Margot kan haar huis al zien, ze meent zelfs Brenda te ontwaren die verveeld uit het raam staart, slaat de oude vrouw toe.

'Wie was dat nou?' blaast ze plotseling, als een kat. 'Dat was toch niet jullie gymnastiekleraar, hè? Ik bedoel dat sujet bij de kiosk, die... eh... dat portret op die racefiets.'

Met van venijn geel uitgeslagen oogjes loert ze naar Margot, die zich druk met Charley bemoeit. Wat zijn honden toch lief en grootmoedig. Honden gaan helemaal niet op hun bazen lijken, zoals vaak wordt beweerd, honden krijgen juist de tegenovergestelde eigenschappen van hun bazen en ze zijn altijd de vergevingsgezindheid zelve.

Margot trekt haar vriendelijkste en eerlijkste gezicht en ze zegt terwijl ze ferm haar huis in het oog houdt: 'Die meneer? O, die meneer is een goede kennis van pappie.'

Het zou toch waar kunnen zijn, denkt Margot aan de avondmaaltijd. Pappie kent veel interessante mensen van wie wij niets weten.

Het ergert haar dat ze hem niet eens durft te vragen hoe het precies zit met misdadigers en tatoeages.

Op zijn hoogst zou hij haar trouwens, zoals meestal, een beetje spottend te woord staan en waarschijnlijk zou hij, als hij de geest kreeg, ook nog een gedegen verhandeling afsteken over de betekenis van het tatoeëren in verschillende culturen. Zulk soort langdradige antwoorden krijgt ze altijd en dan is ze al niet meer in het onderwerp geïnteresseerd. Voor straf bedenkt zij soms hoe haar vader, als hij weer zo aan het orakelen slaat, eruit zou zien met een zwart kapje op, het kapje dat rechters vroeger in Engeland opzetten als zij de doodstraf uitspraken. Zou hij dat kunnen, zonder blikken of blozen de doodstraf uitspreken?

Blijkbaar zat ze hem, zonder dat ze het in de gaten had, aan te staren en daarom kijkt hij haar nu ook aan, rechtstreeks, voor de verandering eens niet langs haar heen. Het lijkt wel alsof hij voor het eerst ziet dat zij haar bril op heeft. Hoewel zijn blik, als gewoonlijk, hooghartig en spottend begint, flitst er plotseling een reusachtige verbazing in op. Dat mag ook wel, want Margot heeft intussen mes en vork terzijde gelegd en met haar rechterhand een kwast in haar haren gedraaid. Daaraan trekt ze nu stevig haar hoofd en haar bovenlijf in één ruk naar achteren, de blik gevestigd op pappie.

Koeltjes, als is het de gewoonste zaak van de wereld, zegt ze: 'Kan ik mijn haar niet beter eens opsteken? Het

is immers veel te warm voor de tijd van het jaar.'
De uitbrander die ze verwacht, blijft achterwege. Ze ziet hoe de verbazing van haar vader verandert in verwarring en hoe hij, alsof hij degene is die op iets schandaligs wordt betrapt, zijn ogen neerslaat naar zijn bord en naast zijn spinazie prikt.

Beer is terug

In sombere winternachten slapen Beer en ik samen in op het kleed voor de open haard. De sintels gloeien nog wat na en zullen langzaam doven, maar wij krijgen het warmer en warmer omdat we steeds dichter naar elkaar toe kruipen. Als ik af en toe wakker word, verheft zijn kanonskogelkop zich waakzaam van mijn schouder: is er onraad? Het volgende ogenblik wrijft zijn stevige bakkes met de korte haartjes geruststellend tegen mijn wang, ik vermoed dat hij mij in het donker liefdevol aankijkt, hij hijgt er een beetje bij, ik streel hem en voel dat er druppeltjes aan zijn onderlip hangen. Hij geniet met volle teugen van ons samenzijn. Hij nestelt zich zo dicht tegen mij aan dat mijn haren in zijn ogen en neus kriebelen, het moet hinderlijk zijn, maar daarvan laat hij niets blijken, hij kijkt wel uit, voor geen prijs wil hij dat er iets verandert aan onze gelukzaligheid. Wij vrijen een beetje, maar altijd decent.

Beer zal er niet over peinzen om mij op koude, stormachtige nachten de straat op te schoppen, omdat hij zo nodig weer zo'n grietje van de G.J. de Jonghweg moet hebben. Mijn beste vriendinnen, mijn leerlingetjes met hun tassen vol bladmuziek op hun prille heupen, mijn naaister, mijn kapster, mijn pedicure, mijn Beer zou hen nu geen haar krenken, en zeer zeker zou hij nooit proberen ze allemaal achter mijn rug om te neuken.

Mijn Beer gaat nu waar ik ga, hij likt mijn hand en kijkt mij altijd dwepend aan. Dat heb ik wel anders meegemaakt.

Het enige dat ik wilde toen ik weer thuiskwam, was een levend wezen om mij heen.

Dat ik mijn kameraad uit een dierenasiel haalde, was niet zo verwonderlijk: ik weet immers wat het is om gekooid te zijn. Dat ik op een dier als gezelschap was aangewezen lag ook voor de hand. Het moederlijke type van de reclassering beweerde wel dat ik mijn sociale contacten bij voorkeur onder mensen moest zoeken, maar iemand die haar zaakjes vooralsnog goed voor elkaar heeft, kan dat makkelijk zeggen.

Ik ben natuurlijk niet gek. Geloof ik eigenlijk wel in reïncarnatie? Als ik nou echt zou geloven in zoiets als reïncarnatie, had ik zes jaar geleden toch niet gedaan wat ik heb gedaan?

In het dierenasiel had ik eerst mijn oog laten vallen op een snoes met roze krullen en bepluimde oren, een lieftallig teefje, nog kleiner dan mijn boodschappentas. 'Een snoepje!' zei moeder Madril en ze voegde eraan toe: 'Daarmee zult u buiten prettige aanspraak oogsten. Beschaafde mensen zullen zo'n leuk hondje graag aaien en dat geeft wederzijds plezier. En het kan voor niets mee in de tram.'

Al die tijd dat ik mij beraadde, moesten wij een grommend gekerm verduren, dat achter ons klonk, uit een duister hok aan de andere kant van de galerij. Het beeldschone meisje dat ons rondleidde, had al enige malen zachtjes geprobeerd deze rechtstreeks uit de hel opstijgende jammerklachten te sussen. 'Ach Beer, lieve Beer,' hoorde ik haar moedeloos zuchten. Pijnlijk getroffen keerde ik me om en zag hoe ze haar hand door de tralies stak en hoe ze haar poezele vingertjes met nagels als oranje schelpen een voor een liet aflikken door een pikzwart ondier, dat haar verslond met zijn glanzende ogen, die zo donkergroen waren als het geheimzinnige, gevaarlijke oppervlak van een kratermeer.

De herkenning raakte mij als een blikseminslag. De naam Beer had mij al bijna door de grond doen gaan – ik wilde die naam eigenlijk nooit meer horen –, maar toen ik die ogen zag, was er geen ontkomen meer aan. Het waren zijn ogen. Zijn ogen lieten mij links liggen. Dat was niets bijzonders eigenlijk, dat was nog niets nieuws. Het kwam mij maar al te bekend voor dat zijn aandacht volledig uitging naar het meisje van het asiel. Toegewijd, devoot bijna, alsof hij aan het bidden was, likte hij haar fragiele pink. De opwelling die ik voelde, was niets anders dan vlijmende jaloezie.

'Ik neem hem,' zei ik abrupt en draaide het teefje met de pluimoren mijn rug toe.

'Wat? Beer?' vroeg het meisje ongelovig. Eindelijk onttrok ze haar hand aan zijn liefkozingen. Beer! Zo mocht ik hem nooit noemen, zo mocht hij alleen worden aangesproken door dat canaille van een moeder van hem. Maar nu zou ik hem leren. 'Beer!' zei ik nadrukkelijk.

Nu pas keek hij mij aan. Niet spottend en arrogant zoals ik gewend was, moest ik toegeven; smartelijk, ja zelfs smékend keek hij mij aan en ik was gedwongen mijn ogen neer te slaan, de pijn die ik tegelijk zag en voelde was niet te verdragen. Liefde en wraak streden opnieuw met elkaar om voorrang. Maar het deed er op dat moment niet toe van wie die pijn uitging, van dat monster of van mijzelf, het deed er niets toe, ik wist dat wij wederom tot elkaar waren veroordeeld. Die onbeholpen kolos zonder staart brak mijn hart. Ik herhaalde: 'Ik neem hem.'

'Meent u het echt? Dan is hij op het nippertje gered.' Ze klapte in haar handen van blijdschap, het was echt een aardig kind.

'Hij is hier al zo lang ziet u. Hij is hier al...'

'Zes jaar.'

Zij keek me verbaasd aan. 'Ja. Hoe weet u dat? Hij is hier binnengekomen op...'

Ik zei haar dat zij die datum niet hoefde te zeggen. Die wist ik maar al te goed. Ik zei dat de hond me vertrouwd voorkwam, dat ik lang geleden zo'n hond had gekend. Dat was waar. Toen B. zijn mensengedaante nog had, was hij een onbetrouwbare hond.

Maar onbetrouwbaar is hij niet meer, o nee. Hij is in alles het tegenovergestelde van vroeger. Hij is een beklagenswaardig schepsel, een mismaakt gedrocht, en ik houd nog steeds van hem, veel meer nog dan toen. En hij blijft nu voor altijd bij me.

Mijn hond Beer is treurig en mijn hond Beer is slaafs.

Zo slaafs dat ik weleens de aanvechting voel hem uit te schelden voor lafbek en onderkruiper, maar dan schaam ik me en sla snel mijn armen om dat getourmenteerde schepsel, dat direct na zijn geboorte werd verminkt: men heeft zijn onschuldige staart eraf gehakt opdat hij zo vierkant en dreigend zou ogen als zijn zogenaamde voorvader de molos, van wie overigens nog slechts uit de duim gezogen afbeeldingen bestaan. Maar wat doet het ertoe. Zijn staart is afgehakt en deze hond zal nu zijn evenwicht nooit meer vinden en op onzekere, stijve poten door het leven gaan.

Ik wind me er overigens niet al te erg over op. B. zelf was er immers ook zo een, die alles en iedereen naar zijn hand wilde zetten, kon het niet goedschiks, dan maar kwaadschiks. Gráág zelfs kwaadschiks, veel liever eigenlijk dan goedschiks, want B. genoot ervan om boosaardig en harteloos te zijn.

Vroeger vond ik het heel gewoon dat ook ik ervan genoot dat B. zo boosaardig was. Al zijn vrouwen, zijn geliefden, zijn moeder niet te vergeten, zijn moeder voorop, gevolgd door zijn ontelbare geliefden, zijn platonische vriendinnen en zijn scharreltjes voor een nacht of een uur, al deze vrouwen verklaarden stralend dat B. zo'n onverbeterlijke, niet te evenaren wreedaard was.

Ze liepen hem achterna, ze wierpen zich aan zijn voeten. Hoe meer hij ze kwelde, hoe meer ze hem adoreerden.

Als ik er niet op verdacht ben, komen me beelden van vroeger voor de geest. Hoe B. in de tuin zat, ketting rokend onder de parasol, spelend dat hij in mijn gezelschap aan een oeverloze verveling ten prooi was, dat niets van wat ik deed of zei, hem kon behagen. Hij legde zijn voeten altijd ongegeneerd voor zich op tafel, tussen de borden en glazen. Op de achtergrond waarde als een vleermuis zijn moeder rond, een onguur, vinnig wijfje dat haar mooie zoon lang geleden aan een donkere, passerende zeeman had ontfutseld. Zo'n mooi kind was zelden vertoond, vertelde zij nog altijd, bevend van ontzag. Mooi is hij altijd gebleven.

Natuurlijk, anders zouden wij onverschillig voorbij zijn gegaan aan zijn voze inborst. Maar van schoonheid en slechtheid, wie zou van die combinatie niet het slachtoffer willen zijn?

Het moedertje was schaamteloos trots op de giftige vrucht van haar schoot, die er, zoals je mag verwachten van giftige vruchten, onzegbaar begeerlijk uitzag, ook toen hij allang rijp en rot was, ook nog na meer dan veertig jaar. Zijn snor was zwierig naar boven gekamd, maar als ik in zijn blikveld kwam, sloot hij vermoeid de ogen, alsof hij schoon genoeg had van mijn verschijning.

'Ben je er nou nóg?' zuchtte hij vaak en uit zijn hand die over de stoelleuning hing, viel de ongelezen krant op de grond. Diepe melancholieke lijnen tekenden zijn gezicht, na een poosje viel zijn mond bijna hulpeloos open, hij was maar in slaap gevallen om niet langer te hoeven lijden. Hoe vaak leek het niet dat mijn hart stilstond van schrik: hij is toch niet dood, mijn liefste? Maar de borst in het zijden, mauve overhemd ging rustig op en neer, hij sliep en broedde nieuw kwaad uit.

Zijn moeder heeft hem tot op de dag van zijn dood

verzorgd. Maar ze heeft hem ten slotte niet kunnen redden! In al zijn huwelijken heeft hij zijn moeder meegenomen als zijn trouwste slavin. Zij bereidde zijn zwarte ontbijt, roggebrood, bloedworst, kersen op sap, bramenjam, appelstroop, truffels en thee, Lapsang Souchong. Na zijn ontbijt volgde laat in de middag een rode lunch en hij wenste een smetteloos wit avondmaal. Hij maakte er een halszaak van dat deze maaltijd, die een vurig, onvoorspelbaar etmaal moest besluiten, wit zou zijn en hierover gingen de enige ruzies die hij met zijn moedertje maakte. De oude vrouw die het voorrecht genoot voor hem te koken, vergiste zich telkens weer, zo leek het. Ze liet doperwtjes toe tot zijn souper in plaats van witte bonen of ze diste het roze zuiglam op in plaats van het witte kalf, ze zette driest de vrolijke zalm op tafel en niet de glibberige, lijkbleke aal. Hij raasde en tierde, schreeuwde dat ze zich oude schapen en paarden voor kalfjes liet verkopen en één keer smeet hij haar een enorme schaal toe waarop zorgzaam en smaakvol dakpansgewijs gerangschikte kostelijke lamskoteletjes in knoflooksaus hadden gelegen.

Vanzelfsprekend werd ik streng buiten de keuken gehouden, ik mocht dat domein niet eens betreden. Ik heb dat dan ook maar éénmaal gedaan, toen er weer zo'n verschrikkelijke ruzie was geweest en zij voor ze flauwviel, had gekrijst dat hij het niet verdiende te leven. Alle buren die over hun balkons hingen en door gaatjes in de schuttingen loerden, hebben het gehoord, maar zijn niet als getuigen voor mij komen opdraven. Waarom zouden ze ook?

Zijn moeder bereidde zijn galgenmaal zonder het te weten. Ik had er in een helder ogenblik het beslissende ingrediënt aan toegevoegd, toen zij naar buiten liep om hem de huid vol te schelden.

Het geheugen zou een strenge leermeester moeten zijn, zodat een mens tenminste wijs wordt van zijn ervaringen, maar in plaats daarvan gaat het te werk als een dronken, uitgerangeerde variétéartiest en rakelt vaak niets anders op dan tragikomische onbenulligheden. En dat terwijl ik een fantastisch en leerzaam boek over zo'n man als B. zou kunnen schrijven, een vuistdikke roman. Motto: 'Over de vergeefsheid van de lust, die wij liefde noemen.' Dit kwam uit de koker van B. zelf, uiteraard. Wat wierp hij mij ook altijd maar weer smalend voor de voeten?

'Noem die bedilzucht van jou, die angst en die hebberigheid toch geen liefde.' Hij joeg de onooglijke, trillende karkasjes die hij zojuist in Rotterdam aan de G.J. de Jonghweg had gekocht, naar onze slaapkamer en deed de deur voor mijn neus op slot. 'Wil je kijken?' vroeg hij vriendelijk. 'Nee? Wegwezen dan.'

Na afloop mocht ik zijn prooien weer terugzetten aan de rand van de stoep, waar hij ze vandaan had gehaald. Hij hield ervan zich met die stumpers te verstrooien, hij, die iedere vrouw, van hoog tot laag, van oud tot jong, kon krijgen. Maar die junken, die hem eigenlijk niet wilden, zei hij peinzend en zelfs licht verongelijkt, die een andere shot verkozen boven de zijne, die zijn begeerte gelaten ondergingen, misschien zelfs met tegenzin, die hadden juist een heel aparte bekoring, een heel eigen smaak, de smaak, prevelde hij nagenietend, 'van adellijk wild, te lang bestorven, van paddestoelen, te laat geplukt'. Was die man even door en door rot.

Nu houd ik Beer aan de lijn. Begerig is hij niet meer, alleen nog naar mijn bevelen. Ik hoef maar te kikken. Ik hoef niet eens te kikken, ik hoef maar zijn kant uit te kijken of hij komt aan mijn voeten liggen. Hij ziet eruit als een lieve rottweiler. Huist in hem misschien nog steeds een gemeen, geil beest?

Ach, wat. Honden hebben iets goed te maken. Zie hoe het toegaat tussen mensen en honden, bekijk in alle parken de aandoenlijke tafereeltjes tussen mensen en honden. Zie hoe ze erbij lopen, de honden, uitgevoerd in alle denkbare vormen en kleuren, uitgedost met de wonderlijkste beharingen, halfaffe oliebollen op beentjes, krankzinnige karikaturen van andere wezens zoals marmotten en apen en zebra's, wat een misbaksels allemaal, zulke wangedrochten kunnen nooit door de natuur zijn geschapen.

Honden zijn een creatie van God en de duivel samen, in hen huizen de zielen van gestorvenen die veel te boeten hebben. De duivel heeft ze in de kokende helse olie geworpen en daarin liggen ze te kronkelen in hun onmogelijke gedaanten tot de goede God ze er met zijn schuimspaan uit schept en ze als honden over de aardbol strooit.

Voormalige schurken, spitsboeven en klojo's zijn gedoemd om als ootmoedige, onbaatzuchtige creaturen hun schuld in te lossen door de mensheid te dienen en te vermaken.

Toen ik mijn Beer net uit het asiel had verlost, ging ik met hem naar een dierenarts, een sierlijke juffer van wie de pennyshoes parmantig onder haar witgesteven jas uitstaken. Met haar spitse kinnetje in de lucht vroeg ze of ik het bakbeest niet liever wilde laten castreren? Dat is handzamer, zei ze. Ja, vertel mij wat. Maar nee, dat wilde ik niet. Zolang het niet hoeft, hoeft het niet en het kan immers altijd nog.

Beer verstond natuurlijk wat de dierenarts en ik tegen elkaar zeiden, maar pas buiten durfde hij mij zijn dankbaarheid te tonen door nog nederiger, nog gehoorzamer dan anders te zijn.

Misschien moet ik vertellen dat ik met mijn hond Beer achter in de auto nog vaak langs de G.J. de Jonghweg rijd. Waar B. zijn armzalige kadavers oppikte, om ze er later na gedane zaken en liefst zonder betaling – want dat wond hem extra op – door mij weer uit de auto te laten donderen. Het is de weg die naar het park leidt maar ook naar het asiel. Als wij die weg gaan, zie ik hoe het achteruitkijkspiegeltje bijna helemaal wordt gevuld door een kanonskogelkop, die alle vertrouwen uitwasemt dat het park onze bestemming zal zijn. Maar soms gaan wij niet naar het park. Dan sla ik snerpend af, richting asiel.

In de achteruitkijkspiegel zie ik hoe de reïncarnatie roerloos zit, verstard van angst, hij heeft de weg herkend. Op het allerlaatste moment gooi ik het stuur om en daar rijden wij weer, weg van het asiel, toch naar het park. Beer wrijft zijn dikke natte neus in mijn hals. Was vroeger maar liever zo aanhalig geweest, lamlul, dan had je daar nu niet gezeten.

Beer weet van geen ophouden. Hij overstelpt mij met liefde. Net als alle honden probeert ook hij uit alle macht om weer mens te worden: hij eet van mijn bordje, hij slaapt in mijn bedje, hij haalt mijn krant uit de bus en kruipt snel op mijn plaats achter het stuur als ik even boodschappen doe. Ik moet erom lachen: een mens wordt mijn Beer gelukkig nooit meer.

Als we in het park zijn, houd ik hem kort aangelijnd, het is niet nodig dat hij pret maakt en geheimen uitwisselt met zijn lotgenoten. Wie zegt mij dat hier niet zijn vele vroegere vriendinnen als hond rondlopen om hun karma te voltooien? Bijvoorbeeld zij daar, ja, ik herken haar, die pedante tante, gestold tot bedlington, en ziedaar, daar hebben we haar, die vrolijke roodharige bedriegster, nu een onweerstaanbare golden retriever.

De verwarmingsmonteur

1 januari in Rijswijk, de sneeuw van vorig jaar zat nog aangekoekt in de tramrails en was op de straathoeken in modderige bulten bijeengeveegd. In de gemeenschappelijke voortuin beneden stond de sneeuwpop, met pijpje en strohoed, gemoedelijk ineen te zakken. Willem zag dat het bisschoppelijk gewaad van de sneeuwman aan de onderkant met slordige, gele decoraties was versierd, de honden uit de buurt, die altijd onbemand werden uitgelaten, gebruikten hem als pispaal. Goed zo, dan had de pop nog enig nut, want kinderen, die er plezier aan beleefden, woonden hier niet. Hier woonden tweeverdieners, die nooit thuis waren. Als ze thuis waren, sliepen ze uit, zoals vandaag. Als ze wakker werden, zouden ze de buitendeur op een kier zetten, zodat hun hond zich zelf kon uitlaten. Ze zouden vandaag de gordijnen niet eens opentrekken omdat ze zich moesten haasten om op familiebezoek te gaan. Onder het aankleden zouden ze met één oog naar het skischansspringen te Garmisch-Partenkirchen kijken. Willem wilde dat hij een hond had om uit te laten, om mee te wandelen. Om een beetje mee in een rustig café te zitten. De werkende buren floten hun honden terug en namen ze mee in hun auto's. Het dierenasiel was van-

daag dicht. Veel cafés trouwens ook. Het was nieuwjaarsdag, dus een soort zondag. Maar toevallig was het al een echte zondag, dus met nieuwjaarsdag erbij dubbel zo erg. Op zo'n manier werd een eenzaam mens door twee zondagen tegelijk gepakt. Zie daar maar eens doorheen te komen, vooral als je de dag daarvoor, en de dag daarvoor ook, en de dag daarvoor eveneens al genoeg had gezopen voor een hele week. Wat bedoel je, gewoon een hele week zéér veel gezopen, genoeg gezopen voor misschien wel een jáár.

De auto was er nog, die was even trouw als een hond. Keurig stond hij in de goot geparkeerd met twee wielen, hij was niet hufterig de stoep op gekropen maar braaf blijven staan, precies zoals zijn baasje hem een week geleden had neergezet. Willem had niet meer naar de auto omgekeken nadat hij vriendin en vriend naar Schiphol had gebracht en niets laten merken van woede en jaloezie: zijn laatste klus van het jaar. Het bleek de akeligste klus van het jaar te zijn en nog niet eens geklaard bovendien, want hij moest die twee over tien dagen ook weer afhalen. Maar of hij dat deed, was een tweede.

Het busje had zich goed gehouden, het zag er niet verwaarloosd uit en leek zelfs witter dan anders onder het sneeuwkleed dat het had gekregen terwijl baasje binnen zat en de deur slechts uit was geweest voor op en neer naar de slijterij.

Willem bestudeerde met verwondering hoe sierlijk en tactvol het sneeuwkleed zich over zijn auto had neergelegd. De witte wade had zich bijna liefderijk in strelende vormen uitgespreid en aangehecht. Misschien was het wel zo mooi geworden doordat het zoveel had moeten verduren: sinds de witte kerst was het gaan dooien, daarna weer gaan vriezen en opnieuw gaan dooien. Nu vroor het weer. De voorruit was als door een wonder schoon gebleven, ja, leek te zijn gewassen, glanzender dan ooit, de zijspiegeltjes dito. Alsof die auto zijn uiterste best deed om Willem op te monteren met zijn optimistische toet: het komt wel weer goed, joh, het komt wel weer goed. Aan beide kanten hadden weelderige sneeuwdruipers de inmiddels gehate firmanaam bedekt.

De auto knikte Willem als het ware begrijpend toe. Hij stond klaar voor een ritje, hij nodigde Willem daartoe uit, bescheiden maar aanmoedigend.

Gedachteloos reed Willem naar het werk. Of het was de auto die hem erheen voerde. Hij had het pas in de gaten toen hij al had geparkeerd naast het kantoortje. Bij het achteruit inrijden had de firmanaam onschuldig naar hem geknipoogd, in blauw neon.

Het antwoordapparaat stond zowat te kwispelen toen Willem het kantoor binnenkwam. Met aan en uit flitsende rode cijfertjes liet het zien dat het meer dan tien bellers had gevangen. Willem wist dat hij zich dit verbeeldde, maar het apparaat hijgde en wilde niets liever dan deze tien of meer bellers aan hun haren over de grond slepen en aan zijn voeten neerkwakken. Hoeveel zouden het er in werkelijkheid zijn, vroeg Willem zich af, want het ding kon niet verder tellen dan tien. Het konden er tien zijn, maar evengoed honderd.

Hoewel, gezeur van honderd klagers kon het bandje niet bevatten. Op een bepaald ogenblik meldde een niet onaangename Japanse jongensstem vriendelijk: 'The unit is full.' Willem schudde zijn hoofd bedenkelijk, ofschoon het onzakelijk was hoopte hij altijd maar, dat dit niet te vaak zou gebeuren.

Je zult thuis maar met een geëxplodeerde cv-ketel zitten en aan de telefoon bij de cv-hulpdienst te horen krijgen: 'The unit is full.'

Maar misschien was het aan de andere kant geruststellend voor de klant om eens te beseffen dat hij niet de enige was en dat het altijd nog erger kon. Terwijl Willem dit bedacht, stelde hij wrevelig vast dat hij nog steeds onder invloed stond van vriend Bert, die hem het verhaal van de Spaanse edelman had verteld. Willem dacht even aan de Spaanse edelman, die pas kon slapen als hij wist dat twee knapen die hij berooid de deur uit had geschopt, ronddoolden in storm en hagelbuien. Hoe slechter het weer en hoe ellendiger de knapen, hoe beter de edelman kon slapen. Willem had het verhaal over deze Spaanse edelman opgedist gekregen, opdat hij zou begrijpen dat bekommernis altijd ergens toe diende.

En het was waar: als Willem niet zo ongelukkig was geweest, dan had hij hier, op deze dubbele zondag, niet gezeten. Dan had het antwoordapparaat kunnen kwispelen wat het wilde, tot het ontplofte. Geen mens had geluisterd naar de klaagzangen, die hier ongetwijfeld de hele kerstweek lang, en ook op oud en nieuw, waren gezongen. De klanten hadden het kunnen schudden en bekijken, ze hadden in hun sop gaar kunnen koken. Misschien sliepen zij beter als zij begrepen met hoevelen zij waren. Morgen waren zij de eersten.

Nu Willem hier echter toch was aangeland, bestond er een kleine kans dat er werd geluisterd. Hij wilde het antwoordapparaat niet negeren. Hij wist dat de dingen zich, indien zij werden beledigd, tegen de mens konden keren en geef de dingen eens ongelijk. Hij klopte goedkeurend op het zwarte ruggetje van het ding en mompelde: knappe jongen, goed gedaan. Hij zette het apparaat op afspelen. Waar had het anders al die moeite voor gedaan? Hij hoefde eigenlijk niet zo heel goed te luisteren. Hij kende de wensen. Of de firma maar onverwijld wilde komen, want de klanten hadden het koud. Die klagende klanten moesten eens weten wie er hier werkelijk reden tot klagen had. Ze moesten eens weten hoe slecht het er met de firma voorstond. In feite lag de firma op apegapen omdat de ene vennoot er met de vriendin van de andere vandoor was. Uit gewoonte was hij ook netjes naast het apparaat gaan zitten, met zijn afsprakenboekje bij de hand en een balpen in de aanslag. Maar de luxaflexen liet hij dicht, want zin in die schrille winterzon, die ineens was komen opzetten, had hij niet. Hij legde zich neer in de draaifauteuil, zijn hoofd achterover. Terwijl hij de Spaanse edelman verjoeg, ga zelf maar de kou in, klootviool, liet hij zijn favoriete fantasie langzaam in zich opkomen. Het geroezemoes dat zich op de band had verzameld, trok aan hem voorbij.

Ondertussen werd Willem onverstoorbaar een rondreizende schaker, die uit het niets opkwam, van wie geen rating of niets bekend was, maar die wel de regerende wereldkampioen op zijn bek liet gaan, elke keer weer, alle kampioenen achter elkaar, het ene jaar na het andere. Na twee schitterende verpletterende en boven alles korte partijen verdween de schaker weer in het niets, om pas weer op te duiken in de tijd van de volgende grote toernooien. Het was een mooie, kalmerende dagdroom die hij al bij zich droeg sinds hij op de MTS in de Duinstraat in Scheveningen het schaaktoernooi van 1983 had gewonnen. Jenny hield niet van schaken. Voor Jenny zou hij zich maar beter een skischansspringer te Garmisch-Partenkirchen kunnen wanen, maar daar kokhalsde hij van. Zijn Jenny en zijn beste vriend Bert, zijn partner in dit bedrijf, waren op dit ogenblik aan het zonnebaden op een Canarisch eiland.

Jenny had gezegd dat de vakantie bedoeld was als een test.

Ze wilde testen of Bert en zij het buitenshuis ook zo perfect met elkaar konden vinden als binnenshuis was gebleken. Willem had niet eens gemerkt dat die twee het binnenshuis zo perfect met elkaar konden vinden. Hij had gedacht dat Bert alleen maar voor de gezelligheid bij hem en Jenny was ingetrokken.

'Het gaat mij ook alleen maar om de gezelligheid,' had Bert instemmend gezegd, 'waar zou het me anders om gaan? En van mij mag het blijven zoals het is, marcheert het soms niet perfect zo, zo met zijn drieën?'

Dat vond Willem eigenlijk ook, maar Jenny hield vol

dat het niet kon vanwege de buren. 'Nou rot dan ook maar op voor de buren,' had Willem geblaft. Hij had hen nog wel naar Schiphol gebracht, goedsul die hij was.

Hij had er aan de ene kant spijt van, dat hij Jenny zomaar had laten gaan, maar aan de andere kant ergerde hij zich aan vrouwen die, zoals ze telkens lieten blijken, niet logisch konden denken. Op zijn moeder na was een man beter af zonder. Hij prentte het zich in: beter af zonder beter af zonder en hij was op het punt om zich weer onder te dompelen in zijn schaakfantasie toen hij nu al voor de tweede keer werd getroffen door die ongewoon blijmoedige en bekakte stem die op bijna jubelende toon mededeelde dat het halve personeel definitief aan de stutten had getrokken, omdat de centrale verwarming al dagen niet werkte.

De butler was pleite met de verpleegster, dat hoorde Willem toch goed? En de butler kon eigenlijk niet op eigen benen staan en de verpleegster was aan de opium, keuvelde de stem welgemoed voort. Willem spoelde de band van het apparaat een eindje terug. De aspirant-klanten waren wel vaker lang van stof, ze vertelden soms hele verhalen waarbij je je ogen niet droog hield, maar Willem kon best begrijpen dat ze zich lieten gaan. Wat hadden die mensen anders om handen? In zo'n koud jaarseinde als dit was geweest, konden ze weinig meer doen dan rechtop in bed gaan zitten ouwehoeren aan de telefoon, met zes dekens om zich heen.

Maar verhalen over butlers en verpleegsters kwamen toch niet iedere dag voor en hij controleerde even, of hij het goed had begrepen.

'Ze zijn pardoes met zijn invalidenkarretje de ijzige kou in gereden, die twee dwazen. U gelooft toch ook niet dat die brekebenen nog elders aan de slag zullen komen.' Er vielen een zucht en een stilte en toen klonk hoopvol de vraag: 'Denkt u dat ze terug zullen komen als de verwarming het weer doet?'

Willem had alles ernstig aangehoord. Deze belegen en beschaafde, maar desondanks sympathieke stem trof hem op een bepaalde manier in zijn hart en ook de situatie sprak hem wel aan. Mogelijkerwijs waren die butler en die pleeg wel naar een Canarisch eiland, de hufters. Het adres had de stem luid en duidelijk opgegeven, het was aan een laan in de duinen van Wassenaar.

Willem noteerde het. Daarna liet hij het antwoordapparaat teruglopen naar nul en zette het uit. Hij legde zich weer met gesloten ogen achterover neer in de draaifauteuil. Zou hij naar Wassenaar gaan? Zou hij het doen? Voor zijn geestesoog rezen beelden op van kasten van huizen.

Waarin eenzame en excentrieke rijkelui woonden, die hele kaders van geschift personeel op de been hielden.

Aan opium verslaafde verpleegsters, drankzuchtige huishoudsters, gewelddadige chauffeurs, een travestiet die manusje-van-alles speelde en misschien wel een stel nymfomanen voor in de keuken. Maar het mooist van alles was wel dat zich in die kasten van huizen rijk gesorteerde bibliotheken bevonden. Wie weet bevond zich in deze thans koude kast van een huis zelfs wel een schaakbibliotheek waarin ongepubliceerde manuscripten van Morphy en Capablanca konden worden aangetroffen, waar een ontgoochelde verwarmingsmonteur voortaan een beetje kon zitten dromen.

Hij ging er maar eens naar toe. Hij zou gek zijn als hij niet ging. Onbekende notities van Capablanca, wat wilde een mens nog meer.

De kast van een huis stond op invallen in een woud van kromgetrokken zeedennen en kreupelhout, waar Willem zich met zijn zware werkkoffer nauwelijks een weg doorheen had kunnen banen. Een zwerm kakelende kippen, die in de rulle sneeuw die hier nog lag aan het rondpikken was en die hem plotseling voor de voeten kwam, voerde hem toen hij hun spoor terug volgde, tot aan een grote figuur, die peinzend in het struikgewas stond met een bijl in de hand.

Het wezen stak met kop en schouder boven hem uit en knikte hem toe met een glunder, van zweet glanzend nijlpaardenhoofd.

Het dreef met een reuzenzwaai de bijl in een flinke boomstam, liet het werktuig daar trillend in staan, kwam overeind en drukte Willem stevig de hand.

'Zozo, je hebt het gevonden. Welkom hoor, hartelijk welkom, doe of je thuis bent.'

Het wezen schudde zijn hand nog een poosje en brulde toen vriendelijk: 'Kun jij houthakken, kleine man?'

'Ja, dat wel,' antwoordde Willem. 'Maarre…' Hij aarzelde.

'Maar daar kom jij niet voor,' zei de figuur stralend.

Willem herkende de stem. 'Nee,' zei hij opgelucht, 'ik kom eigenlijk voor de verwarming.'

'Ja, maar die heeft het loodje gelegd,' zuchtte zijn gesprekspartner. 'De centrale verwarming heeft het loodje gelegd. Daar zitten wij voorlopig mee, hoor. Ik heb pas nog een firma opgebeld en daar had men een antwoordapparaat aanstaan, nou, dan weet je het wel.'

Uit de bronzen stem viel niet op te maken of het een man of een vrouw was, de zwartgrijs gestreepte vlechten die onder de capuchon van een rafelige badjas te voorschijn kwamen, gaven evenmin uitsluitsel. Man of vrouw, een kanjer is het zeker, stelde Willem vast.

'Ik kom voor mevrouw Van Montfoort,' zei hij op zijn hoede.

'Ja schatje, voor wie anders?' antwoordde de joekel en zij keek hem medelijdend aan. Daarna sprak zij door op de toon van een samenzweerder: 'Nou je weet dus, dat we de familieweek hier hebben. Maar het is bal. Bal zonder buikpiano en in de kou. Er zijn er al twee zogenaamd ziek, maar de seniele malloten willen niet binnenblijven, dus daar lopen we ook maar de hele dag achteraan te pezen met de spuit. Ik hoop overigens dat je je toch een beetje zult amuseren bij ons. Wij begrijpen wel dat je verdriet hebt van Beau. Het was voor ons ook een hele verrassing, hoor.'

De vrouw maakte een gebaar alsof ze hem in haar armen wilde sluiten.

'Arm ventje,' zei ze. 'Het kwam voor ons echt als een donderslag bij heldere hemel. Terwijl jullie het zo goed hadden, vertelde hij altijd. En nu stalt onze Beau jou hier, jaja, alsof je zijn hond bent. Waar is de hond eigenlijk, by the way? Heeft hij die meegenomen?'

Elastisch zonk ze neer op het hakblok en ze keek aandachtig naar Willem op.

Willem dacht even na. Zou ze Bert bedoelen? Was deze aardige vrouw al langer klant bij de firma en had Bert haar voor zichzelf gehouden, wat hij wel meer deed met goede adresjes? Maar Bert had geen hond. Of hij moest nog achterbakser zijn dan Willem al had gemerkt. De judas, de galbak. Willem onderbrak de onaangename gedachtestroom die weer onstuitbaar in hem kwam opzetten.

'Beau ken ik niet, denk ik,' sprak hij voorzichtig, om de vrouw niet voor het hoofd te stoten. 'Er is een misverstand, vrees ik.'

'Ongetwijfeld,' zei de vrouw, 'Beau deugt niet, dus je kunt hem maar beter vergeten, maar mooi is hij wel, dat moet je toegeven.'

Willem antwoordde niet meer.

Mevrouw Van Montfoort sprak dromerig verder: 'Ik noemde hem als kind al onze Beau. Hij is in- en inslecht, dat is waar, maar hij blijft toch wel schitterend. Ik ga wat graag met hem op stap, dan denken die haaibaaien in Den Haag dat ik me zo'n dure gigolo kan veroorloven.' Ze keek hem lachend aan, maar sloeg meteen haar hand voor de mond. 'O foei, ik zie dat ik je pijn doe. Er is alweer genoeg gekwebbeld over onze trouweloze Beau, het gaat nu om jou. Jij moet eten, zie ik. Jij hebt vast een paar dagen lang van verdriet niets gegeten. Maar let op, onze Portugeesjes krijgen jou wel weer aan de praat. Kom maar mee.'

Ze wilde zijn koffer voor hem dragen, maar dat wimpelde hij af.

'Goed, wees jij maar flink,' bromde zijn gastvrouw.

Onderweg deed Willem nog verschillende keren een poging haar het ware doel van zijn komst te vertellen. Hij kende niemand die Beau heette. Hoewel? Op de computerschaakclub zat een knul die Bobo werd genoemd, maar haar Beau en deze Bobo konden onmogelijk dezelfde persoon zijn. Deze Bobo was kaal als een kikker en had een flinke bierbuik en was zesenveertig jaar. Willem wist dat er veel in Den Haag niet deugde of maar half werk was, maar met dikke, zesenveertigjarige gigolo's zou in de hofstad geen genoegen worden genomen, echt niet.

Zijn pogingen tot rechtzetting werden door de gastvrouw afgewimpeld met een krachtige hand, die al zijn woorden wegwuifde.

'Genoeg gepraat, jij! Eerst maar eens eten.'

Ze leidde hem in hoog tempo door de tuin, een trap af, keukengewelven in, waar vocht en hitte heersten als in een tropisch aquarium. De hitte kwam van twee grote ouderwetse fornuizen, het ene voor kolen, het andere voor hout. Behalve deze hittebronnen stonden er ook nog volop elektrische kacheltjes in alle soorten en maten te gonzen.

'Hier is het domein van onze Portugeesjes,' wees mevrouw Van Montfoort met een breed gebaar. 'Zij koken als engelen. Laat je maar verwennen.'

Twee sierlijke jonge vrouwen met glanzende haren tot op hun heupen, staakten hun bezigheden om de gast van top tot teen te bekijken met een welwillende nieuwsgierigheid, die algauw uitgroeide tot een gretigheid die onbedwingbaar scheen. Ze gingen met hun pareltandjes bijna in hem happen. Ze wreven zich met hun voluptueuze lijven als kopjes gevende katten tegen hem aan en knepen prijzend in hem. Ze slaakten daarbij verrukte kreetjes, die Willem niet helemaal begreep. Hij voelde hoe ze hem ongegeneerd betastten en in hem kneedden alsof hij een mestkalf was, ze streelden zijn armen en zijn nek, zijn rug en zijn lendenen en hij kon zweren dat hij telkens hun vlugge vingertjes als vlinders in zijn kruis voelde landen.

Met gebogen hoofd en langzaam rood aanlopend liet hij het over zich heen komen.

'Je valt in de smaak bij de Maria's,' zei mevrouw Van Montfoort opgetogen, 'maar dat wist ik wel. Mannenverslindsters zijn het, maar gelukkig kunnen ze goed koken. Jij bent spekje voor het bekje van onze gulzige meisjes, denken zij tenminste, weten zij veel. Heus, ze zullen het jou aan niets laten ontbreken. En als het niet naar wens is of het wordt je te veel, dan sla je ze maar flink van je af. Fikse tikken op de billen. Daar zijn ze aan gewend, onze kleine donderstenen uit Portugal. Geef ze ervan langs, hoor! Nou, ik ga nog even hakken voordat het donker wordt.'

Voordat je pap kon zeggen, hadden de Maria's op de grote keukentafel allerlei spijzen uitgestald, die in bonte pracht en verscheidenheid boven de randen van hun kommen en schalen puilden. Miljoenen vetoogjes gluurden Willem uitdagend aan. De meisjes stonden ernaast en maakten de knoopjes van hun blouses los alsof ze dan beter konden ademhalen, ze zetten met een zwierige zwaai hun ene been boven op tafel en trokken koket hun rokken omhoog. Willem was niet kieskeurig en bediende zich ruim van de spijzen, hij zorgde ervoor niet te morsen, hoewel dit moeilijk werd want de vrouwen schoven steeds dichter naar hem toe, hun blouses lager, hun rokken hoger. Na elke hap lachten ze hem klokkend toe en ze moedigden hem met gebaren aan vooral verder te gaan. Meer, meer, meer. Als Willem even ophield om lucht te scheppen, schoven ze vlug een nieuw, vol getast bord onder zijn neus, ze vulden zijn glas zodra hij het weer had neergezet en ondertussen wisselden ze boven zijn hoofd zangerig van gedachten.

Kreten van schrik en afschuw stegen uit het tweetal op toen Willem na afloop een poging deed eigenhandig de tafel af te ruimen. Hun ogen keken hem verwijtend en teleurgesteld aan. Met vereende krachten drukten ze hem op de keukenstoel terug. In hun vleiende, melodieuze dialoog waren, constateerde Willem, dissonanten geslopen. Hij dacht even aan zijn ex-vriendin Jenny en aan de zogenaamde keukendiensten die zij in huis had ingevoerd. Een fijn glimlachje trok om zijn lippen. Tevens bespeurde hij diep vanbinnen een klein gevoel van schaamte, maar dat verdween snel en liet geen sporen na.

Hoezeer hij er ook tegen vocht, de lust kreeg Willem toch te pakken. Hij kreeg steeds meer zin in dingen die hij voorlopig strikt had willen vermijden, hij kreeg steeds meer zin in vleselijke stommiteiten waar niemand wijzer van werd. Zijn schaakfantasie, waarin hij nog manhaftig probeerde onder te duiken, stootte hem uit. Capablanca, die versierder, grijnsde hem zelfs opgewonden toe, met het kwijl op de lippen.

Een kort ogenblik kwam ook de schaker Morphy nog opdoemen, met een blik die weerzin en spot uitdrukte. 'Mat,' zei de blik vermoeid, 'alweer mat, jongeman.'

'Ga weg, ouwe reus,' smeekte Willem onhoorbaar. Die Morphy, dacht hij bewonderend, die durfde wel, die ijskouwe schoenenfetisjist, maar kijk nou even, hoe tof zijn Portugeesjes ondertussen bijna boven op hem lagen, als kroelende katten. Ze hadden zachte, donkere, blote voetjes waarmee ze langs zijn benen streken, hoger en steeds hoger. Morphy, rot nou op!

Willem leunde achterover. 'Het is hier behoorlijk warm,' zei hij, barser dan hij bedoelde. Het zoemde en rommelde in zijn brein: joh, te gek helemaal te gek, joh, dit zijn die nymfomanen voor in de keuken, weet je nog wel.

'Warm?' herhaalden ze klagend zijn opmerking. Ze gleden van hem af en stonden beiden aan zijn knieën, ze schudden hun hoofd: 'Warm? Warm, nee, nee,' riepen ze beschaamd en zij schudden nog heftiger het hoofd. 'Kan niet warm,' zei toen de een treurig, ontdeed zich van haar gehaakte omslagdoek en plooide die zorgzaam om Willem heen. Hier werd ieder woord als een bevel uitgelegd. Ze wachtten nog even hoopvol op nieuwe bevelen, maar Willem durfde geen kik meer te geven.

Die twee waren er in de loop van de middag toch wel zo verdomde mooi op geworden, veel mooier nog dan toen hij binnenkwam, hij zou ze weleens willen zien zonder die vele lagen kledij, al hadden die deinende, lange rokken natuurlijk ook wel iets aantrekkelijks, te meer doordat ze voortdurend in beweging waren. Blote voetjes, niet groter dan zijn hand, staken onder de rokken uit, hun plastic sandalen lagen een eindje verderop en hij kon zien dat de zolen behoorlijk versleten waren, geen wonder met al dat getrippeltrappel. Die meisjes waren de godganse dag in touw, die zaten niet te zeiken dat ook een vent zijn aandeel in de huishouding moest leveren, die wisten dat een vent zijn handen niet naar koken en afwassen stonden. Nu was de een alweer bezig zingend zijn koffie te zetten en de ander kwam aangesneld met een vracht dekens, die ze god weet waar vandaan had gehaald. In die dekens ging ze Willem wikkelen, alsof hij haar baby was.

Zou die ene de moeder van die andere zijn, of waren ze zusjes? Nou ja, wat het ook was, het was altijd goed. Zouden ze werkelijk allebei Maria heten of was dat gewoon gemakzucht van hun werkgeefster? In zijn eigen familie heette iedereen Willem. Wat lag hij hier toch relaxed aan niks in het bijzonder te denken. De behoefte om Kasparov van het bord te vegen was weg.

Het was de zorgzaamheid van de Maria's die hem dit gevoel van behaaglijkheid bezorgde, dat nog extra werd gekruid door zijn gestaag zwellende lust. Als hij een kater was geweest, zou hij zeker luid zijn gaan spinnen, hij probeerde het maar eens, diep in zijn keel. Luistert allemaal! Het klonk als smartelijk maar ook behaagziek kreunen, oei, wat wekte het hun tederheid op, dat zag je aan hun ogen. De rond het huis klagende wind die aan de luiken schudde, was een passende begeleiding en het montere zingen van de meisjes ging over in een fado vol vervoering.

Even later bewogen ze zich om hem heen in een vurige dans en ze lieten geen oog van hem af terwijl ze kronkelend ronddraaiden in hun rabela. Ze lieten Willem zien hoe ze hun woede botvierden op de ijskoude radiator, ze sloegen fel naar het ding met hun natte theedoeken en ze trapten er driftig met hun voetjes tegenaan. Ze hadden hun haren losgeschud en ze wiegelden hun wulpse lijven. Ze wezen naar buiten dat de avond al viel, ze klappertandden, rilden en beefden, ze beeldden vol gevoel voor drama uit dat iedereen hier straks zou bevriezen in zijn slaap.

Willem meende het te begrijpen. Hij wurmde zich uit de dekens en sprong op.

'Waar is die cv-ketel, meiden? Wijs de dienstweigeraar maar eens aan!'

Hij ging op zoek. Het gesteun en geweeklaag van de Portugezen ging over in schrille, waarschuwende kreten. Hij doorkruiste het hele souterrain, waarin zich behalve de keukengewelven nog tal van vertrekken bevonden, waarvan hij alle deuren achteloos en met overwicht opengooide.

Achter een van die deuren stond weer een vloot van elektrische kacheltjes zo hard te razen dat alle plastic bloemen die daar in vazen prijkten en achter schilderijen en kruisbeelden waren gestoken, er slap van neerhingen. De theelichtjes voor de Mariabeelden waren door de kacheltjes uitgeblazen, honderden prentbriefkaarten aan de muren, hardblauw, hardgeel, krulden om hun punaises heen. Op twee smalle, tegen elkaar aangeschoven bedden lagen bergen dekens en daaroverheen nog uitgespreid mantels, mutsen en sjaals.

Willems hart kromp ineen bij het zien van dit tafereel. Die cv werd waarachtig een erezaak.

Boven aan een keldertrap, die hij vond achter een deur, deinsden de meisjes eerst terug, vatten toen moed en probeerden hem het afdalen te beletten.

'Niet pluis,' fluisterde de oudste met rode wangen. Willem draaide een ouderwetse lichtschakelaar om. Geen sjoege. Op de tast ging hij naar beneden.

De angstige stemmen stierven weg en plotseling kwam van boven aan de trap een flakkerend licht, een bevend vrouwenhandje hield een kandelaar met kaars hoog op, maar bleef waar het was. Willem keerde terug, nam de kandelaar over en maakte de afdaling opnieuw.

Halverwege zag hij in het flakkerende licht van de kaars nog zo'n ouderwetse draaischakelaar met daaronder, op een koperen bord, in bijna gotische belettering, het woord: oliestook. Willem draaide de knop om en wachtte.

Uit de buik van de kelder kwam een ongelooflijk gerochel, een opgeluchte plof, gevolgd door een daverend en feestelijk geronk, dat standhield en voortduurde.

Op het schaakbord in zijn dromen had Willem fraaie

dingen tot stand gebracht, maar nooit was hem, nog niet in zijn stoutste fantasieën, zo'n innige, welgemeende adoratie ten deel gevallen als nu van de Maria's.

Toen hij weer boven was, ontbrak het er nog maar aan dat ze voor hem knielden. Ze bleven achteruitlopen van bewondering. Als hij iets zei, ook al was het nog zo eenvoudig, zoals: 'Nou, die is weer voor z'n roodkopere', sloegen ze hun ogen neer en bogen hun hoofd. Er was echter een keerzijde aan deze devotie. De meisjes waagden het niet eens meer de wonderdoener in de ogen te kijken, laat staan dat ze in zijn nabijheid durfden komen. Ze hielden een afstand van minstens twee meter in acht.

'Kijk, ik zal het even uitleggen, kom dan even kijken,' probeerde Willem ze te lokken. Maar ze kwamen niet. Ze bleven op eerbiedige afstand.

Hij ging zitten op de keukenstoel met de armleuningen, waarin hij zonet nog had gezeten als een sjeik met zijn harem. Maar dat was verleden tijd. Hij was hun sjeik niet meer, hij was hun verlosser. Er golden andere wetten.

'Kom dan even hier, dan leg ik het uit, er is niks aan,' herhaalde en herhaalde hij en hij klopte op de radiator, die al warmpjes werd.

Het was me wat moois. Zoëven hadden ze boven op hem liggen rijen, die meiden, alsof hun leven ervan afhing en nu bleven ze als bevroren beelden staan, met gebogen hoofd en gevouwen handen. Hij liep op hen af en sloeg zijn armen om hun schoudertjes heen. Zij bezwijmden bijna. Zij keken naar de grond, beefden en sloegen ongemerkt een kruis. Zij waren nog schuwer dan gazellen.

Willem zag de ouderwetse thermostaat aan de wand en wilde het apparaat een zwengel geven, maar dat bleek niet nodig, want het stond al op 30. Hij keek op de thermometer en zag dat er al beweging kwam in het kwik. Hij ging op de radiator zitten en probeerde met aanmoedigend geprevel en zegenende gebaren zijn volgelingen te bewegen ook op de radiator plaats te nemen. Wonder boven wonder, dat lukte, hoewel de Portugezen elk op het uiterste puntje neerstreken en er meer dan twee decimeter ruimte was aan iedere kant van hem.

Willem voelde hoe de warmte opsteeg, zag hoe de raampjes besloegen en hij wist dat het niet lang zou duren of de temperatuur in de keuken had een tropische waarde bereikt. Hij besloot in ieder geval daarop te wachten.

En dan zou hij vragen of hier in huis een mooie bibliotheek was, met schaakboeken bij voorkeur. Hij sloot zijn ogen.

De jongste Maria was aan het neuriën geslagen, zij schommelde alweer zo dapper heen en weer dat af en toe haar schouder die van hem raakte.

Hup, daar ging haar omslagdoek. Wat deed ze nu? Ze keerde zich naar hem toe, met een verlegen lach over haar blote schouder. Tweestrijd. Want in zijn hoofd had Karpov juist kordaat geopend met d4.

De Vrouwe Jacoba

In de Amsterdamse Prinsengracht verscheen veertig jaar geleden, als laatste van een rijtje woonschuiten, de tjalk de Vrouwe Jacoba. Ze lag vlak bij een brug die twee cafés met elkaar verbond. Rijzige grachtenhuizen keken hooghartig neer op het tabakskleurige geval, dat onbekommerd lag te schommelen met op zijn achterplecht een houten hut waaruit een periscoopje gluurde.

Als de zon scheen, kon het gebeuren dat in die grijze, afkeurende grachtenogen plotseling toch lichtjes gingen glimmen, alsof ze door iets werden getroffen waaraan zij geen weerstand konden bieden. Van het boegbeeld voor op de Vrouwe Jacoba spatten de vonken af, maar het had eigenlijk de zon niet eens nodig om te schitteren, het blonk uit zichzelf al, ook in regen en mist. Het boegbeeld was een meer dan levensgroot vrouwenhoofd op een hals als een marmeren zuil, die oprees boven melkwitte, goud gespikkelde schouders en borsten als volle manen.

Golvende mahoniehouten haren omlijstten het wulpse gezicht, waarin de zwarte ogen recht voor zich uit keken en over iedereen heen. De dikke, donkerrood geschilderde lippen waren half geopend, maar niet in een raadselachtige madonnaglimlach. Integendeel, het leek er eerder op dat het wijf op het punt stond in een satanische lach uit te breken.

Aan boord van de Vrouwe Jacoba woedde een strijd. De strijd ging om de Vrouwe Jacoba zelf.

Koosje wilde haar inruilen voor een herenhuis, liefst een aan de Laan Copes van Cattenburch, waar ze het leven kon leiden dat ze zich had voorgesteld toen ze trouwde met de al wat oudere held van haar dromen, een telg uit een Amsterdams geslacht van kooplieden en regenten, met een dubbele naam, een fortuin en een roemrijk verleden op zee. Koosje was een meisje uit Den Haag, wat je nog kon horen als ze haar mond opendeed, maar ze had haar mond nooit open hoeven doen en was toch de halve aardbol rond geweest, behangen met de kleren van grote modehuizen, wandelend over plankieren, bewonderend aanschouwd door een rijk en machtig publiek. Koosje, met het lange dunne lijf als van een populier, was mannequin geweest.

'Pasdame,' zei haar echtgenoot, de gewezen admiraal, in zijn boze buien, die zelden voorkwamen, want hij bleef een kwarteeuw aan de winnende hand. In de Tweede Wereldoorlog was hij een held geworden door op zee te doen wat hij daar altijd deed, zijn plicht, daar praatte hij verder niet over, men deed wat men kon, dat was vanzelfsprekend. Moeilijk kreeg hij het pas in vredestijd, toen hij waarachtig niet meer kon onderscheiden wie nu de vrienden waren en wie de vijanden.

Zijn zo onschuldig begonnen flirt met een juffrouw Bakker bijvoorbeeld had zijn hele familie in het geweer gebracht. De rakkers hadden het bestaan hem onder curatele te laten zetten. Ja, natuurlijk had hij zich daaraan ontworsteld met een slimme manoeuvre, die hij glansrijk had bekroond door met Jacoba Bakker in de echt te treden.

En zou nu zoiets simpels en alledaags als een huwelijk, waar driekwart van de burgerbevolking zich zonder nadenken aan waagde, gelijkstaan aan oorlog? Dan zou de zeeheld ook thans weer zijn mannetje staan, al had hij eigenlijk alleen maar getekend voor eenvoud en rust en voor water en een deinende bodem onder zijn poten.

Koosje beminde het aardse en verlangde dus vastigheid en ze wenste dames en heren van stand uit te nodigen voor kopjes thee uit een zilveren servies. Ze mijmerde over zichzelf als over de Haagse gastvrouw van ministers en diplomaten, weer als vanouds bewondering oogstend voor haar elegante gestalte en geraffineerde gewaden, maar nu niet langer als pasdame, eindelijk als gelijke.

In plaats van de edele heren en dames die Koosje voor ogen stonden, zaten aan boord van de woonschuit steevast oude bemanningsleden van haar man te hijsen en met veel gelach en gevloek stoere herinneringen op te rakelen. Ook druppelden er regelmatig Amsterdammers binnen van veelbesproken gedrag. Ze kon er maar niet aan wennen. Die Amsterdammers waren haar te joviaal en te anarchistisch en ze wisten niet het onderscheid tussen een dame en een meid, ze gaven haar gewoon, vertelde Koosje met een tuitmondje, bij wijze van begroeting een daverende klap op haar reet.

'Ik hunker naar het Haagje,' kon ze met hetzelfde mondje zeggen, zolang ze nog nuchter was. Ze lenigde haar verdriet op het water met drank. Zodra ze niet meer nuchter was, klauterde ze van boord. Aan wal hield ze de eerste de beste taxi aan.

Van de brug over de Prinsengracht liet ze zich rijden tot aan restaurant Royal op het Lange Voorhout, waar ze de chauffeur betaalde en wachtte totdat hij weg was. Dan spoedde ze zich, verscholen in een kraag van vossenbont en met een pothoed uit de jaren twintig op, naar café De Stoep, waar ze in haar jonge jaren de harten in vuur en vlam had gezet van alle nachtbrakers met klinkende namen.

Sommigen zaten er nog steeds, maar natuurlijk niet zo fris als vroeger. Koosje was ook geen hoentje meer, ze liep al tegen de vijftig. Ze legde trouwens niet aan in het café om gezellig een borreltje te drinken met de oude makkers, ze kwam met een missie.

De drinkebroers en -zusters die er nog het best mee door konden, klampte ze aan en voerde ze mee in een taxi, terug naar de tjalk. Hier moesten ze de loftrompet op Den Haag steken, zodat de zeeman zou worden vermurwd. En Haagse lofzangen zingend moesten deze bejaarde kornuiten als sirenen de held weglokken uit het zwarte water van Amsterdam en hem de zegeningen schilderen van een stevig huis, niet ver van de zee.

Maar het was een vergeefse missie.

De nachtpendel tussen Amsterdam en Den Haag en soms weer vliegensvlug vice versa duurde jaren en jaren en langzamerhand was zelfs tot de meest benevelde breinen doorgedrongen dat de zeeheld van Koosje van één ding in zijn leven meer dan genoeg gezien en gehoord, geproefd en geroken had en dat was de zee.

De muiterij op de Zeven Provinciën, de slag in de Javazee, de konvooien naar Moermansk, dat stond allemaal in zijn eigen geschiedenis geschreven en wie daar op de Prinsengracht als landrot ondoordacht het woord 'zee' liet vallen, kon een dodelijke blik krijgen uit ogen die rood-wit-en-blauw waren. Verrek, je kon aan boord van die tjalk nog niet eens ongedwongen vragen naar de wc of je had die blik al te pakken, mompelden mensen die op Koosjes smeekbeden waren ingegaan en er geweest waren.

Het niet te stelpen heimwee van Koosje naar Den Haag, waar ze geboren en getogen was en waar ze zo lang het stralend middelpunt was geweest van een kring onstuimige bon-vivants, begon op de oud geworden sobats te wegen als een loden last. Je maakte mee dat in herfstige nachten de deur werd opengestoten van een behaaglijke nachtkroeg, het roodfluwelen hol Slava bijvoorbeeld, waar men zich veilig waande omdat het geen telefoonaansluiting bezat. Dat daar op de drempel, begeleid door storm en regenvlagen, de zwiepende onheilsgestalte van Koosje verscheen, waarop prompt tal van grijze stamgasten met hun glas in de hand wegzonken onder de bar. Maar Koosjes rauw en ongecultiveerd geluid, dat zo'n wonderlijk contrast vormde met haar etherische verschijning, trommelde hen genadeloos op. Meekomen!

Koosje had de wind er niet meer onder. De tafelbroeders van weleer weigerden. Ze vertikten het langer haar naar de hoofdstad te vergezellen, ze beriepen zich op hun zwakke hart, hun jicht of hun gezwollen lever. Toch waren er nog wel straatschuimers en nondescripte pierewaaiers te vinden, die zich tot een tochtje naar Amsterdam bereid verklaarden, want er werd hun onbeperkte gastvrijheid beloofd en drinken zoveel ze konden, aan boord van de Vrouwe Jacoba. Koosje moest het doen met wat zich aanbood en zo raakte zij vaker en vaker op de terugreis naar Amsterdam in gezelschap van vreemde trawanten en ongewis klootjesvolk, soms waren er zelfs mensen bij die niet eens dronken en louter uit nieuwsgierigheid meegingen. Maar die bleven niet lang komen.

Het huwelijk duurde toen al zevenentwintig jaar.

De schermutselingen waren nog steeds niet gestaakt, zij hadden zich daarentegen uitgebreid in tijd tot over de dag en de nacht en in ruimte tot over de twee steden.

Het hart van het slagveld bleef toch de kajuit.

Op de dag traden daar namens hun oude admiraal onverstoorbaar de vroegere kompanen aan en het ratjetoe aan Amsterdammers.

In de late nacht en in het ochtendgrauw verschenen als murmelende spoken de Hagenaars, het zootje ongeregeld in het kielzog van Koosje.

Al gaven de tegenstanders van het eerste uur, de beide echtelieden, elkaar nog steeds geen duimbreed toe, de door hen opgeroepen legioenen vonden het op den duur eigenlijk allemaal wel best. Het ging goed zoals het ging. Amsterdam en Den Haag verbroederden zich aan boord en zowel de dag als de nacht gleden aangenaam voorbij in de kleine kajuit, waarin het gerieflijke meubilair van een ouderwetse rooksalon was samengeperst.

Rug aan rug en flank aan flank stonden de clubfauteuils waarin de gasten genoeglijk toefden, het goede der aarde onder handbereik, dromerig uitziend door beroete raampjes op een wallekant, waar slechts de onderdanen van de mensheid werden ontwaard. De meesten repten zich naar onbegrijpelijke doelen, maar een enkele wijze slenteraar was er ook wel bij, die hield dan vaak stil, keerde terug op zijn schreden en diende zich even later aan als een volgende gast. Er werd een leren crapaud bijgeschoven of van oude lappen en kranten ontdaan. De verkeersgeluiden en het geroezemoes van de grote stad drongen aan boord al even gefilterd door als het licht, het kwam binnen als een gregoriaans gezang, met een heilzaam slaapverwekkend effect. 's Winters droeg een ronkend potkacheltje tot het welbehagen bij en de gasten soesden weg, af en toe wakker schrikkend voor een slokje rum.

Bij het krieken van de dag verliet de zeeheld de tjalk, met een tas vol boeken onder de arm. Koosje was hem eens gevolgd en hem kwijtgeraakt bij de Oudemanhuispoort. Snikkend beweerde ze dat hij nu nog vreemd ging ook, terwijl hij haar gevangenhield op zijn modderschuit.

Een enkeling wist dat hij 's avonds weer terugkeerde met de boeken, waarmee hij zich dan verschanste in de hut op de achterplecht. Daar studeerde hij. Militaire sociologie en politicologie. Hij wilde, oud als hij was, nu weleens de achtergronden leren kennen van wat hij allemaal zelf had beleefd.

Zijn afwezigheid overdag deerde niemand. Uit de luie stoelen steeg hij, tussen de dutjes door, toch telkens weer op via verhalen, die hem schilderden als de legendarische commandant van een mijnenveger, door zijn bemanning op handen gedragen. Dat die mannen hier nu nog levend konden zitten, dat hadden ze aan hem te danken. Hij had hen immers niet gewaagd aan het onschadelijk maken van de bloedlinke magnetische mijnen, daar was hij zelf wel naar toe gezwommen, in zijn dooie eentje, met een schroevendraaiertje tussen de tanden. De Engelsen hadden hem daarvoor de allerhoogste onderscheiding gegeven en de Nederlanders hier bijeen hieven het glas op zijn gezondheid. Dat was nog altijd beter dan wat die andere Nederlanders hadden gedaan, die deze officier van goud uit onze Koninklijke Marine hadden gestoten. In warme tinten en bij elke herhaling weer glanzend als nieuw, kwam ook die geschiedenis uit de verf. Hoe de commandant na de oorlog zijn bemanning uit eigen middelen op een vrijheidsfeest had getrakteerd. Trucks vol drank en mooie wijven waren van Amsterdam naar Den Helder gereden en hun vracht was aan boord gehesen van het schip dat zoveel drama's had beleefd en dat voor deze ene keer een droomoord mocht zijn. Het feest, dat drie dagen had zullen duren, waaierde uit over drie weken. Wie vraagt naar de tijd in het paradijs? De commandant ook niet en dus was hem de datum ontgaan waarop z.k.h. de Prins de mijnenveger zou komen inspecteren.

De prins had voet op de bodem gezet, waar tussen de glazen en de dienstnetten pikante lingerie te drogen hing, waar de manschappen, per ongeluk in elkaars broeken gestapt en met de pet op achterstevoren, struikelend aan dek klommen, waar onze held, met stalen smoel, z.k.h. had rondgeleid, terwijl de serpentines hem nog om de oren krulden en volle en halflege flessen hem onverhoeds voor de voeten kwamen. De prins zette een pokerface en de commandant had zich dapper gehouden en gedaan als was alles shipshape en puik voor elkaar. Kort daarna werd hem evenwel zijn eervol ontslag aangezegd.

Aan boord van de Vrouwe Jacoba klonk hierover dertig jaar later nog steeds boegeroep.

Tegen theetijd, als de stemmen schor en de verhalen voor die dag op waren, verstilden de mannen in een middagtukje. Dan dook Koosje op uit het vooronder, het polkakapsel nat van een mahoniekleurig verfbad.

Ze had in de loop der jaren het verfrommelde koppie en de wanhoopsogen van een spookaapje gekregen en ook bezat ze een spookachtige gratie, alsof ze al niet meer van deze wereld was. Ze hulde zich in vergeten creaties van gestorven meesters. De eens parelwitte en rozerode gewaden waren bruut geokerd door de tijd en zo bros geworden als schuim. Ze begaven het soms terwijl Koosje er sierlijk in heen en weer schreed. Vlokken voile en zijde dwarrelden van haar af en het leek wel of er gaten vielen in de elegante gedaante die met uitgestrekte handen de heren voor een dans noodde. Grijs gedraaide platen van Paul Whiteman and his Orchestra, liedjes van Cab Calloway en de piano van Fats Waller, ze krasten stuiptrekkend voorbij en verwaaiden, zo dun als perkament, losjes in de kajuit. De zeebonken schudden verlegen van nee als Koosje hen benaderde en begonnen traag aan hun terugkeer naar eigen haard.

Als de avond viel, waren de meeste crapauds verlaten. De admiraal verdween tussen de boeken in zijn hut en Koosje cirkelde rond, steeds gekleed in een ander gewaad. Almaar wanhopiger draaide en pronkte ze voor deze of gene plakker, die te lazarus was om op te staan en ervandoor te gaan.

Billie Holiday op 78 toeren schoof kermend van onder de naald vandaan en eindelijk pakte Koosje, hopeloos kordaat, haar jas met de grote kraag en strompelde de loopplank op. Naar de wal, naar de taxi, naar Den Haag.

Menigmaal heeft de maan, al hoog aan de hemel, een kleine stoet beschenen die druppelsgewijs uit een zeer late of zeer vroege taxi kwam en daarna over de loopplank naar binnen rolde.

Haagse kroegtijgers, in rokkostuum, dames van diverse pluimage, zwikkend op hun hoge hakken en slaperige dronken lorren, die er maar gewoon achteraan waren gehobbeld, zij allen werden, behalve op de gebruikelijke gastvrijheid die neerkwam op consumpties zonder tal, onthaald op de nachtvoorstelling die Koosje in het ochtendgloren gaf.

Een show van al haar kleren, een walsje en een foxtrot met wie nog goed genoeg ter been was. Ten slotte zonk ze uitgeput maar tevreden neer in een clubfauteuil en daar zong ze nog met haar rauwe stem alle liedjes van Fien de la Mar.

De meeste Haagse genodigden bleven het klokje rond en mengden zich het volgend etmaal ongedwongen met de dagploeg. Later op de avond ging er wel weer een taxi richting Den Haag, waarin men ontspannen meereed naar huis.

De pendule slingerde zoetjes heen en weer, dertig jaren gingen voorbij en er waren niet eens zoveel ingewijden meer die precies wisten waarom het nu eigenlijk was begonnen. Onder de nieuwe garde gasten op de Vrouwe Jacoba waren er die de admiraal nog nooit hadden gezien en hem alleen kenden van horen zeggen. Omgekeerd ontmoetten elkaar overdag aan boord gezellige praters die niet eens wisten dat Koosje bestond. Maar van iedereen die er kwam, mocht het zo blijven doorgaan, tot de jongste dag.

Toen was ineens de plek van de Vrouwe Jacoba aan de Prinsengracht leeg.

De brug welfde zich als vroeger, in de twee cafés ging het als vanouds vrolijk toe, maar er glommen geen lichtjes meer in de hoge vensters van de grachtenhuizen. De plek bleef niet lang leeg, er kwam al snel weer een schuit te liggen, waarbij je niet in je ogen hoefde te wrijven om te zien dat zij de Vrouwe Jacoba niet was. Een moderne woonark, waar kinderwasjes wapperden en waar achter de helder spiegelende ruitjes citroengeraniums stonden. Naar een boegbeeld, laat staan naar dat gouden vrouwmens dat zich vanbinnen bescheurde, kon je fluiten. Op deze woonboot stonden twee vriendelijke labradors naar de voorbijgangers te kwispelstaarten. Oude, Amsterdamse voorbijgangers keken het somber aan en slenterden verder met gelaten tred.

Den Haag kreeg dan toch nog het laatste bedrijf van deze geschiedenis in huis, maar het was een trieste triomf. Koosje had gewonnen.

Ze was op sterven na dood en zo lang als ze was al zo licht als een veertje, toen de ook niet meer zo kranige zeeheld haar hijgend over de drempel droeg van een statig pand aan de Laan Copes van Cattenburch. Ze kreeg het nog druk in haar laatste dagen, want de admiraal putte voor het eerst in zijn leven uit zijn reservoir van meer dan keurige aanverwanten en relaties. Iedereen met naam en faam in Nederland liet hij opdraven. Ze kwamen, de machtigen, de rijken en de aanzienlijken. Was het niet uit beleefdheid, dan was het wel uit nieuwsgierigheid.

Meisje Bakker lag op de sofa, een bundeltje botten in een gloednieuw pak van Chanel, dat hoog werd dichtgeknoopt en haar vervallen lijf bijeenhield. Haar spookaapjesgezicht onder een pruik vol uitbundige krullen in de modekleur acajou werd in een paar maanden weg geknaagd totdat er een echte doodskop van overbleef. Maar het was bij vlagen de stralendste en vergenoegdste doodskop die iedereen ooit had mogen aanschouwen.

Toen Koosje dood en begraven was, hoefde nooit meer visite aan te treden. De weduwnaar scheen echter ook niet te willen vertrekken uit het grote bleke Haagse huis, dat door de wind bedekt was met een laagje zout uit de zee, waarin hij moest leven in toonzalen vol fragiele, eierschaalkleurige meubeltjes, door Koosje nog op de valreep gekozen.

Je kon de oude zeeheld wel opzoeken, als je wilde, maar was je eenmaal binnen, dan liet hij je aan je lot over. Dan werd je gewaar dat hij al gezelschap had, waartegen hij continu praatte, monkelend over vroeger, over Amsterdam en vooral over Koosje Bakker, die zijn nadagen fleur had gegeven.

Tegenover hem zat, in een wuft stoeltje, het boegbeeld van de Vrouwe Jacoba en het kon elk moment uitbreken in een bulderende, satanische lach.

Marlene

De telefoon begon te rinkelen op hetzelfde ogenblik dat Mineke haar voordeur in het slot liet vallen. Het gerinkel was een goed voorteken: het leven ging altijd door, ook in de kleine dingen. Als het ene voorbij was, popelde het andere alweer om aandacht te krijgen. Een mens hoefde zich nooit te vervelen. Haar ochtendwandeling met Makker zat erop, nu was het tijd voor een leuk gesprek. Het kon Julia zijn, hoewel die nooit zo vroeg belde. Het kon ook iemand anders zijn, Mineke had een hoop aardige nieuwe kennissen opgedaan in flatgebouw 's-Gravenwoud.

Ze vergat de riem van de hond los te maken en gooide haar jasje naast de kapstok, zoveel haast maakte ze om tijdig bij het toestel te zijn, dat naast haar luie stoel stond, bij het raam.

Ze greep de hoorn van de haak, haalde adem en zei melodieus: 'Met Mineke McEvity-van Maanen.' Ze vond het een statige opsomming. Altijd als ze de telefoon opnam, bedacht ze hoe graag ze 'Pronto! Pronto!' zou willen roepen, wat zoveel sneller en grappiger was. Iedere keer betreurde ze het dat zij geen 'Pronto! Pronto!' durfde te roepen. Waarom eigenlijk niet? Ze hoefde met niemand meer rekening te houden, ze was haar eigen baas.

Het bleef nogal stil aan de andere kant van de lijn, al meende ze het geluid van de zee te horen zoals het klonk wanneer je een schelp tegen je oor hield. Maar wat ze hoorde kon net zo goed de echte zee zijn, vlakbij.

'Hallo?' vroeg Mineke en drukte de hoorn iets dichter tegen zich aan. Het ruisen van de zee hoorde ze nog steeds. Ze wachtte geduldig, keek naar buiten en wuifde beleefd naar Ida van Pomeren die juist kwam aanlopen met twee teckels, maar die deed alsof ze Mineke niet zag. En toen ineens borrelde dat sappige, smakelijke lachen op. Het moest wel uit de hoorn komen, dat kon niet anders, maar het was alsof het Mineke met zachte vingers uit de keel werd geplukt. Ze had immers graag smakelijk willen lachen om het feit dat Ida haar niet terug groette, maar dat kon ze natuurlijk niet doen zolang Ida haar zag. Daarom deed de beller, wie het ook was, het nu voor haar, verstolen in de diepte, onzichtbaar, maar duidelijk hoorbaar. Hoor toch eens hoe daar werd gelachen, het was reuze aanstekelijk.

'Ja, hallo, hallo, wie is daar?' riep Mineke opgewekt en benieuwd naar de zielsverwant aan de andere kant van de lijn.

Een klik maakte een einde aan de lach en aan de verbinding.

Ach, dacht Mineke teleurgesteld, het waren giechelende snotneuzen, die thuis in het wilde weg aan het telefoneren waren, uit verveling. Kinderen deden zulke dingen, zij had het vroeger ook gedaan, samen met Julia.

Ze wreef de hoorn langs haar rok, constateerde voldaan dat hij weer glom als een spiegel en legde hem terug op het toestel.

Ze ging over tot de orde van de dag. De hond eten geven, daarna zelf verstandig lunchen in de keuken, waar nu de zon stond, daarna een tukje doen totdat het tijd was om zich te verkleden voor de middagwandeling.

Wat kon ze toch beschikken over heerlijke, lange dagen sinds ze er alleen voor stond. Wat was het toch een luxe, ja zeg maar een zegen, om niet steeds de hete adem in je nek te voelen van de ander, die wilde dat je de dingen goed en op tijd deed en precies volgens zijn wensen. Wensen? Eisen. Mineke voelde nog altijd hoe de huid zich spande om haar kaken wanneer ze dacht aan de eisen, waaraan ze nooit helemaal had kunnen voldoen. Ze was negentien jaar getrouwd geweest en ze had daarvan ongeveer zeventien jaren onder stress geleefd. Maar ze moest eerlijk zijn, het was haar eigen schuld, want Douglas had niet van haar verwacht dat ze maar in alles met hem meeging en overal aan voldeed. Hij had haar altijd verteld dat hij op haar was gevallen vanwege haar uiterlijk, dat hij engelachtig noemde en dat hem als zakenman heel goed uitkwam. Wie zou hem niet vertrouwen, zolang zij naast hem stond, met haar grote blauwe ogen? En ze had nog meer te bieden, had hij haar verzekerd, ze had goede manieren en ze was belezen, met zo'n vrouwtje kon hij voor den dag komen. Ach, Douglas, in het oog van de wereld was hij een twijfelachtige ondernemer, maar voor haar was hij de man die haar, de eerste jaren althans, op handen had gedragen. Aan die gelukkige tijd dacht Mineke elke dag nog wel even terug. Heel even maar, want het beeld werd snel verdreven door de Douglas van nu, zoals ze hem zag voor haar geestesoog. Ver weg, in zijn op de gok gekochte penthouse, in een ligstoel aan de rand van zijn ongetwijfeld nog niet betaalde zwembad, een telefoon aan zijn oor, een kokkerd van een giftig gekleurde cocktail in de andere hand, omringd door louche kornuiten en op schoot een brutale meid met grote borsten en zonder manieren.

Ze zag voor zich hoe hij gelukzalig grijnsde van oor tot oor en in gedachten hoorde ze hem als een schorre kraai zingen: 'Happy days are here again, happy days happy days are here again...'

'Happy days are here again!' zei Mineke kordaat terwijl ze met een klap de etensbak met ontdooide pens voor de hond op de linoleum keukenvloer plaatste.

Ze opende de deur van de koelkast en liet haar blik dwalen over de voorraad, waaruit ze kon kiezen wat ze wilde. Bij Douglas was schraalhans altijd keukenmeester geweest, want al was hij met drank en vrouwen onmatig, met eten was hij een Pietje precies die op zijn lijn lette.

Bij Mineke vielen de pakjes roomboter naar buiten. Het gekke was, ze had allang niet meer die lekkere trek van vroeger. Eigenlijk at ze maar het liefst een pak lange vingers leeg, dan was ze er gauw vanaf. Appeltje erbij en klaar was ze. Schransen moest je niet in je eentje doen, dan was er niets aan, het had ook iets onbetamelijks.

'Onzin,' beweerde haar zuster, 'voor jezelf moet je even lief zijn als voor een ander. Je dekt de tafel mooi, zet een bloemetje neer, je maakt een recept dat nieuw voor je is, want je hebt toch alle tijd van de wereld, et voilà, daarna geniet je in stijl van een verrassend hapje.'

Julia had gemakkelijk praten, met haar drukke praktijk en grote gezin kwam zij altijd tijd te kort, de wachtkamer zat iedere dag propvol en dan was er vaak ook nog een eigen kind met een buil op zijn hoofd of erger, dus geen wonder dat Julia soms droomde van een blankhouten eettafeltje in een lichte, ruime keuken waaraan zij helemaal alleen kon zitten met een glaasje koele witte wijn.

Mineke had het glaasje al ingeschonken, als was het voor haar zuster. Ze proostte met haar in gedachten. Ze hoorde Julia een beetje drammerig zeggen: 'Neem er tenminste een bruine boterham bij, met kaas', wat Mineke gehoorzaam ging doen. Ze zocht in het bestekrek van de afwasmachine of daar wellicht de kaasschaaf was, maar toen begon juist de telefoon te rinkelen. Ze liet alles in de steek en vloog erheen.

'Schatteboutje, eenzaam vrouwtje...' fleemde een velours damesstem nadat Mineke zich buiten adem had gemeld met mevrouw McEvity-van Maanen.

'Schatteboutje, hijg niet zo...' vervolgde de stem bekakt en lichtelijk berispend, en begon, als om het aan de kaak te stellen, te steunen en te kreunen dat het een aard had. Mineke moest ervan blozen. Zo had zij toch nooit geklonken, verdorie? Ze was te onthutst om nog een woord uit te brengen. Ze stond voor het grote raam van de zitkamer, de hoorn tegen haar oor gedrukt en buiten zag ze Biba de Lange met haar afghanen het flatgebouw uit komen. Oef, als die zich eens omkeerde en haar zag. Ze stond hier aan de telefoon met waarschijnlijk vuurrode konen. Biba, het lopend nieuwsblad van 's-Gravenwoud, zou er het nodige van denken, want zo sluw was ze wel en ze zou ook het naadje van de kous willen weten. Mineke maakte zich zo klein mogelijk en kroop weg in haar fauteuil. Als ze zich er helemaal in opvouwde, kon geen mens haar van buitenaf zien. Waarom had ze de telefoon niet in haar slaapkamer opgenomen, waar geen inkijk was en waar ze ongestoord languit kon liggen? Vlijmend schoot door haar heen dat dit waarschijnlijk de opzet van de beller was. Het was de bedoeling dat Mineke naar haar slaapkamer ging. Dit was een slaapkamertelefoontje. Dit was een hijger. Een vrouwelijke hijger zelfs, misschien wel de eerste vrouwelijke hijger in Nederland. Dat moest Mineke weer overkomen.

Ze wist wel iets van hijgers, ze had er meer gehad dan haar lief was. Overigens, van geen van die lui was ze ooit warm of koud geworden. Ze stond ze gewoon allemaal vriendelijk te woord, moederlijk vaak, en dan werd er fluks opgehangen, want hijgers waren blijkbaar niet op zoek naar een moeder en ontweken de dialoog.

Ze stond zo ingespannen te denken dat ze nauwelijks merkte dat het hijgen ophield. Ze liet zich overrompelen door de geheimzinnige stem, die koerde: 'Heerlijk hè, zo zonder ventjes. Lekker rustig en toch de centjes.'

Er viel daarna een stilte, die lang duurde, zodat het

leek of de verbinding was verbroken. Toen vervolgde de onbekende plotseling op andere toon, die niets flemends meer had: 'Toch bloedlink, zo'n eenzaam wijfje in een donker woud. Zie je buiten het donkere woud? Levensgevaarlijk, die bosschages,' vervolgde de stem, die wel een beetje op die van een oude filmster leek, maar Mineke kon zich niet te binnen brengen welke ook alweer.

'Laat mij maar een beetje op je letten, wijfie, want ze lusten je rauw!'

Vastberaden legde Mineke de hoorn neer, een bemoeizuchtige en bovendien dreigende hijgster ging haar te ver, zij legde de hoorn neer en drukte het ding met beide handen stevig op het toestel, alsof dat rare gedrocht er anders zo weer uit kon springen. Mineke moest er nu zelf van hijgen. Ze kon bijna niet geloven wat haar was gebeurd. Ze wist echt wel dat vrouwen goed bezig waren hun achterstand in te lopen, ook in de criminaliteit, zo had in de krant gestaan. Maar dat ze zich nu ook aan de telefoon niet langer onbetuigd lieten en andermans privé schonden en binnendrongen om hun slag te slaan, dat was toch wel de donkere kant van de emancipatie.

Ze brandde van ongeduld om het allemaal aan Julia te vertellen. Of... of... goeie genade, was dit Julia misschien zelf? Je wist het maar nooit, Julia had zulke vrije levensopvattingen en van haar gevoel voor humor had ze nooit goed hoogte gekregen.

Maar Mineke had dringend behoefte aan een uitwisseling van gedachten, ze ging opbellen, ook al was het spreekuur van Julia nog gaande en al wist ze donders goed dat ze haar dan niet voor wissewasjes mocht storen.

Ze tilde de hoorn op en wilde Julia's nummer intoetsen, maar wat was het geval: die griezel van zonet zat er nog in. Die was helemaal niet van de lijn gegaan, die pestkop.

'Wegloopjes doen?' koerde de stem. 'Blijf toch nog een beetje bij me, schatteboutje, stoutje.'

Mineke slaagde erin manhaftig te zeggen: 'Gaat u van de lijn, alstublieft, u stoort mij, ik ben juist aan het lunchen.'

Er kwam als antwoord een lachje, dat uitgroeide tot een bolle lach. Het was zo'n lach van het soort dat weleens komt aan gebulderd uit een vol café waarvan de deuren openstaan. Een vette, schuddebuikende lach die maling heeft aan alles.

Mineke legde na een tijdje te hebben geluisterd toch weer de hoorn op de haak, hoewel ze nu wist dat het geen zin had. Blijkbaar kon slechts degene die het initiatief tot bellen had genomen, de verbinding verbreken. Zo leerde je iedere dag wel iets nieuws, hield ze zich voor. Maar werd je er ook wijzer van? Ze had de hoorn neergelegd, maar uit nieuwsgierigheid pakte ze hem weer op. Daar werd nog steeds gelachen, ofschoon het al minderde. Hoe lang kon die vrouw dat volhouden? Iedere keer als Mineke, tegen wil en dank, de telefoonhoorn weer oppakte, was het lachen er nog. Het veranderde telkens van vorm en uitdrukking, zoals water. De ene keer klaterde het als een waterval en leek het of een rivier zich vol levensvreugde van de rotsen stortte, de andere keer was het monotoon en dromerig, als een vijver. Mineke vreesde dat er nooit een einde aan zou komen. Ze besloot niet meer te controleren hoe lang het duurde. Ze liep weg uit de zitkamer, maar weifelde al in de gang: hoe nu verder?

Ze had haar middagtukje willen doen, maar dat kon natuurlijk helemaal niet. In de slaapkamer stond ook een telefoontoestel, op het nachtkastje. Dan lag ze in bed, met vlak naast zich, onder handbereik, die almaar lachende heks. Ze moest er niet aan denken.

Er zat niets anders op dan de deur maar weer uit te gaan, hoewel dit niet goed voor Makker was, zo vlak na zijn eten. En voor haar was het ook niet leuk. Ze zou niemand van haar aardige kennissen tegenkomen, want die deden hun middagslaapje op dit uur van de dag.

Mokkend trok Mineke bij de kapstok haar angorawollen vestje aan. Ze zwaaide met de riem naar de hond, die op zijn mat lag. Hij stond met een sprong kwispelend naast haar. 'Jij vaart hier wel bij,' zei Mineke, 'maar ik word mijn huis uit gejaagd.'

Bij de rode beuk in het park zaten op de bankjes niet de vertrouwde bekenden, maar een paar bewoonsters die Mineke liever ontliep. Roddeltantes waren het, die hardnekkig over de financiële schandalen van haar Douglas bleven doorzagen. Biba had haar al gezien en wenkte haar verheugd naderbij. 'Daar hebben we onze femme fatale!' schreeuwde ze van verre. 'Kom hier en vertel!'

Mineke slenterde onwillig naar het groepje toe.

'Femme fatale?' vroeg ze verbluft. Misschien had ze, voordat ze de deur uit werd gedreven, dat laatste snelle slokje wijn in de keuken niet moeten nemen.

'Je hebt Albert van Ida afgepikt!' stelde Biba stralend vast. 'Goed zo, kind, 't werd tijd dat die boerentrien een toontje lager zong.' Ze hief haar handen en applaudisseerde. 'Hij is de beste man alleen van 's-Gravenwoud,' knikte Biba. 'Er werd flink op hem gejaagd door de dames. Geen wonder dat Ida jouw bloed wel kan drinken.'

Albert Tensingh, een tandarts in ruste, die net als Mineke veel hield van lezen en film- en museumbezoek, had zich over haar ontfermd toen ze hier een jaar geleden was komen wonen. Maar dat betekende toch niets? Mineke bedacht dat ze ferm moest protesteren, dat ze moest zeggen dat het niet waar was en dat Ida van Pomeren overal iets achter zocht, maar niets had te vrezen. Tot haar eigen verbazing flapte echter uit haar mond: 'Zeg, hebben jullie ook weleens last van een hijger?'

Het duurde even voordat de strekking van deze vraag tot de dames doordrong, maar toen reageerden ze verontwaardigd. Het was een en al 'Stel je voor zeg!' en 'Hoe kom je er eigenlijk bij? Je laat je toch niet in met zulke gevallen?'

Mineke zei zo rustig mogelijk dat zij er heus niets aan kon doen, maar dat zij er een had. Nou, daar hoefden de anderen niet lang over na te denken: dan was ze de enige hier in flatgebouw 's-Gravenwoud en dus moest het haar eigen schuld wel zijn.

Scherp merkte een van de dames op dat Mineke er

zelf om vroeg, omdat ze zich met naam en toenaam te koop zette. Het was genoegzaam bekend dat die viespeuken het hadden gemunt op eenzame vrouwen, die zich als zodanig afficheerden. Als Mineke na haar echtscheiding simpel en bescheiden als Van Maanen in het telefoonboek was gaan staan, zouden de hijgers haar netjes links hebben laten liggen.

Moest ze zich dan als een kerel vermommen en zich achter één enkele naam verschansen, uitsluitend omdat er gekken bestonden die het leuk vonden alleenstaande vrouwen lastig te vallen? De dames op de bankjes keken elkaar veelbetekenend aan en Biba meende meelevend dat Mineke misschien nog niet geheel aan haar meisjesnaam toe was? Misschien was ze nog niet helemaal over haar echtscheiding heen, dat ze zich zo aan die oude naam vastklampte? Mineke voelde zich bozer en bozer worden.

Eerst beweerde die haaibaai dat ze het met Albert Tensingh hield en dan weer orakelde ze dat Mineke nog niet over haar scheiding heen was, waar bemoeide ze zich eigenlijk mee? Geen van die kletstantes had inzicht in haar gevoelsleven en ze zou ze ook niets meer aan hun neuzen hangen. Ze maakte zich beleefd van hen af met het doorzichtige smoesje dat ze nog veel te veel ernstige dingen te doen had om zich al ongestoord te mogen wijden aan een gezellig praatje. Met opgeheven hoofd vertrok Mineke en liet het stelletje smiespelend achter.

De telefoon begroette haar juichend. Ze verbeeldde zich dat ze hem al op het bordes van 's-Gravenwoud had kunnen horen.

Mineke nam deze keer een rustig tempo in acht. Ze deed eerst de riem af van de hond, hing keurig haar vestje op, trok zelfs nog haar wandelschoenen uit en stapte daarna op kousenvoeten de gang door naar haar slaapkamer. Het was hoe dan ook nodig dat ze even ging liggen, ze was uitgeput. Het liep tegen vier uur in de middag, dit kon Julia wel zijn, die voordat zij visite ging rijden haar nog snel iets wilde vertellen.

Maar het was de stem weer, van oudroze fluweel.

Als van zware, zachte, ouderwetse, gevoerde gordijnen, zo kwam het geluid binnen. Het wapperde ook een beetje, het zwaaide loom tegen haar aan, stierf weg, kwam lijzig terug, golfde buiten bereik, leek dan weer op het ruisen van de zee. Het was geruststellend en slaapverwekkend, maar toch, ineens konden er koude golven komen die op de kust stuksloegen en een onverhoedse volle lach kon de serene fluistering verscheuren.

'Ik wachtte op je, ik zat op je te wachten, ik zal altijd op je wachten,' fluisterde de stem, 'ook al ben je nog zo laat, jij stoutert, jij stoutert met een tee.'

Mineke strekte zich uit op het bed en zuchtte tevreden.

Daar was ze weer, de vrouwelijke hijger. Als de hijgster niet sprak, maar hijgde, klonk ze als de gordijnen van omi, lang geleden.

Het waren gordijnen van oudroze velours die tot op de grond hingen, die loom in de wind bewogen als de tuindeuren openstonden en waar Mineke zich als kind in had verscholen. Ze ademde dan uiterst behoedzaam zodat niemand haar kon horen en ze stond recht als een rietstengel in een van de plooien van het gordijn. Kwam er een vleugje wind, dan deinde ze mee, alsof ze zelf het gordijn was geworden. Zelfs slimme Julia had haar daar nooit kunnen vinden. Mineke had toen in de gordijnen veel gesprekken opgevangen die niet waren bestemd voor haar oren. Misschien werd ze er nu voor gestraft, dat ze toen luistervink speelde. Zo'n straf was het trouwens niet om door deze onbekende de hemel in te worden geprezen. Want dat deed ze op dit ogenblik, de bellende dame. Ze jubelde over Minekes betoverende schoonheid, die ze beschreef alsof ze er oog in oog mee stond. Had de spiegel kunnen spreken, dan had deze er geen beter verslag van kunnen geven. Alles kwam aan de beurt, geen krulletje, geen lelletje, geen charmant lachrimpeltje bij de grote blauwe ogen, nog geen moedervlekje werd overgeslagen. Mineke liet de honingzoete stroom vleierij over zich heen druipen, ze hield haar ogen gesloten, ze viel er bijna gelukzalig bij in slaap.

'Je slaapt al bijna, schatje, snurk snurk, wil je nog een versje horen voor je echt onder zeil gaat naar dromenland?'

Mineke glimlachte en voor ze het wist, murmelde ze: 'Ja, fijn.' Mama en omi hadden ook altijd versjes gezegd voor het slapengaan: twee engeltjes aan het hoofdeinde, twee engeltjes aan het voeteneinde, twee engeltjes aan de rechterkant, twee engeltjes aan de linkerkant en zo maar door, totdat er veertien of zestien engeltjes waren die over haar waakten. De stem zei, nogal streng: 'Wer jetzt kein Haus hat, baut sich keines mehr!'

En vervolgde:

'Wer jetzt allein ist, wird es lange bleiben,
wird wachen, lesen, lange Briefe schreiben
und wird in den Alleen hin und her
unruhig wandern, wenn die Blätter treiben.'

Mineke schoot overeind. Hè, waarom nou der Rilke? Prachtig, maar verontrustend. De stem werd breed, zwaar en dreigend. Enigszins geaffecteerd ook. Aan wie of wat deed die stem haar toch denken? Ach kom, ze hoorde de hele dag zulk soort stemmen om zich heen. Dit geluid zou heel goed van iemand uit de flat kunnen zijn, maar natuurlijk verlaagde men zich hier niet tot zulke grappen.

O nee? Men was hier tot alles in staat, ze zou zo wel tien verdachten kunnen opnoemen. Maar sloegen die ook allemaal zo'n goed figuur met Rilke? Mineke had beslist respect voor de onbekende, want als de vrouw het boek er niet op de knie bij had, dan kende ze het beter dan menigeen. De meeste van Minekes kennissen vonden het na 'Wer jetzt kein Haus hat' al welletjes.

Maar als mevrouw dan toch zo uitvoerig citeert, vond Mineke ineens, dan begon ze maar zoals het behoorde bij het begin, bij het eerste couplet van het vers. Dat ging ze de voordrachtskunstenares eventjes inpeperen.

'Herr: es ist Zeit. Der Sommer war sehr gross,' zei ze nadrukkelijk.

Aan de andere kant werd opgetogen gelachen.

'Knappe piepmuis,' kwam er eindelijk met moeite uit, alsof het wezen van plezier geen woorden kon vinden, 'toch met je snoetje uit je holletje gekomen en poepie bah geroepen tegen Grote Poes.' Toen rolde ze weg van de lijn, zelfs geen lachje kon er meer af.

Mineke zakte terug in de kussens. Vragen wervelden in haar hoofd. Ze moest ze niet willen beantwoorden, prentte ze zich in. Als ze iets wilde doen, dan moest ze een geheim nummer nemen en dat was dat. Uit met de pret.

Maar ze had een onstuimige fantasie en die sleepte allerlei fantastische personages voor haar aan en zette ze kwijlend van opwinding voor haar neer.

De hijgster zat wijdbeens op een keukenstoel, met jarretels aan en een hoge hoed op, als Marlene Dietrich in *Der blaue Engel*. Marlene Dietrich! Het witte gezicht doemde op, de raadselachtige ogen gluurden naar haar, tussen oudroze gordijnen. Zij was het, van het begin af aan had de stem doen denken aan Marlene Dietrich. Maar Marlene Dietrich was allang dood. Geërgerd duwde Mineke het beeld van zich af en onmiddellijk kwam haar gretig brein aanschuiven met een naakt model dat op een sofa lag met een draagbare telefoon achteloos aan het oor, het mompelde Rilkes strofen voor zich uit met de misprijzende mond van Jeanne Moreau.

Waarom zou de onbekende een filmster zijn? Filmsterren hadden absoluut geen tijd om te hijgen bij vreemden. Of juist wel? Filmsterren waren natuurlijk verwrongen wezens, die niet wisten wie ze werkelijk waren. Maar wat brak Mineke zich toch het hoofd. Dat had ze vroeger ook niet met de mannelijke hijgers gedaan. Die hadden menselijk geklonken en simpel. Gewoon gestoord en verre van erotisch. Zo moest ze deze ook bekijken. Deze eerste vrouwelijke hijger was ongetwijfeld zo'n mens met loshangend grijs haar dat op sokken in een keukentje rondscharrelde vol kranten en katten en op een walmend petroleumstel brandnetelsoep trok. Zo'n eenzaam iemand die tussen het gedoe met al die katten door zich ineens afvroeg: hoe klinkt een mens ook alweer, en die dan naar de telefoon greep en lukraak een nummer draaide, want een eigen kennissenkring had zo iemand natuurlijk niet.

Mineke moest er maar geen aandacht meer aan besteden. Ze had haar middagslaapje nog willen doen, maar het was alweer bijna vijf uur en ze was de hele middag klaarwakker aan het piekeren geweest. Ze boog haar hoofd uit bed om te kijken naar Makker, die onverstoorbaar lag te maffen. Honden zouden een zesde zintuig hebben. Als er onraad was geweest, ook door de telefoon, had Makker op zijn minst zijn kop wel geheven.

'Unruhig werden wir wandern, wenn die Blätter treiben,' riep ze. Makker opende zijn ogen, keek haar vriendelijk aan en verhief zich. Die hond verstond Duits. 'We gaan gewoon de boodschappen doen, jij en ik, alsof er niets is gebeurd,' zei ze.

De woorden van Marlene hadden hun opwindende, verwarrende uitwerking al bijna verloren.

Mineke was in staat om op te staan en zich te beraden op haar inkopen voor het avondeten.

De Indian summer, die van oktober een bijna tropische maand had gemaakt, was voorbij. Het regende vandaag dat het goot.

Mineke was de tel een beetje kwijt. Ze moest de kalender of haar agenda napluizen om te zien welke dag het was. Het eerste telefoontje was gekomen op een maandagmiddag, op een onbeduidende maandagmiddag. Het was nu woensdagmiddag, pas twee dagen later en het was waarachtig alsof er een ander tijdperk was aangebroken. De tijd voordat de telefoontjes er waren, leek veel en veel langer geleden dan achtenveertig uur. Achtenveertig jaar kwam meer in de buurt, want er was sprake van een mensenleven van verschil. Het ene leven keurig en saai en dit nieuwe spannend en ondeugend.

Hoe vaak had ze zich intussen aangediend, die geheimzinnige stem? Dag en nacht meldde zij zich op onverwachte ogenblikken en hield een praatje dat nooit helemaal door de beugel kon. Er zat van alles in, een grappig verhaal, een mooi gedicht, een helse boutade, er werd vreselijk gelachen en heerlijk geweend en gezucht, er waren verrukkelijke zinspelingen op verboden genietingen, er waren afwisselend serene, dan weer smerige fluisterwoordjes en het allermooiste was dat dit alles scheen voort te komen uit blinde adoratie voor Mineke. De stem aanbad haar en alles wat gezegd, gezongen, gezucht en gekreund werd, was uitsluitend bestemd voor háár. Wie was die vrouw en waarom deed ze dit? En waarom had ze juist Mineke uitverkoren? De telefoon hoefde maar te rinkelen en Mineke kreeg rillingen die verre van vervelend waren. De telefoontjes werkten verslavend. Het kwam voor dat Mineke de hoorn had neergelegd en meteen al naar het volgende telefoontje verlangde. Ze schaamde zich er een beetje voor, ze durfde het zich nauwelijks toe te geven. Zo begerig was ze in de liefde met haar Douglas nooit geweest.

Julia had gistermiddag nog even gebeld. Ze had zich sinds zondag niet meer laten horen, dus het was niet zo gek dat Mineke zich liet ontvallen: 'Hé, ben jíj het!'

'Ja, verwachtte je dan iemand anders?' vroeg Julia, wat óók niet zo gek was, want ze belde altijd rond dit uur, al liet ze soms een paar dagen niets horen.

'Nee, eh, tja, eh, iemand anders wil ik niet zeggen...' Mineke had zo gauw geen goed antwoord kunnen vinden dat toch eerlijk was, en toen had Julia gnuivend uitgeroepen: 'O! Aha! Ik begrijp het al. De liefde! Wat een geluk voor je. De kogel is dus door de kerk.'

'De kogel door de kerk?'

'Met de tandarts. Nou, ik mag die Albert wel, goeie vent voor jou, wel gefeliciteerd dus, jullie met z'n beidjes.'

Mineke had de fut niet gehad om Julia volledig van haar waandenkbeeld te genezen. Ze had slechts flauwtjes gesputterd: 'Nou zeg, je draaft wel door. Er is níets van dien aard gaande tussen Albert en mij.'

'Houden we het nog even geheim?' riep Julia toen vrolijk. 'Is wel zo verstandig, hoor, dat hele 's-Gravenwoud zit propvol jaloerse wijven, die je bloed wel kunnen drinken!'

'Ik bel je er nog wel over, Juultje,' stamelde Mineke

verslagen. Tegen de ondernemingslust en het enthousiasme van Julia had ze nooit op gekund. Maar terwijl ze vroeger misschien zelfs wel, om haar zusje te plezieren, oprecht zou hebben gestreefd naar een verbintenis met Albert Tensingh, vond ze Julia nu een behoorlijke bemoeial. Waar haalde Mineke ineens de moed vandaan om dit van Julia maar te durven denken? De rapen waren gaar, wat dacht je? Nog even en ze zou het haar zuster recht voor de raap durven zéggen. Misschien kwam het wel door Marlene. Misschien hadden de telefoontjes, die heerlijke lange lome lofzangen op haar, haar eindelijk het nodige zelfvertrouwen gegeven.

Ze glimlachte voldaan. Ja, ze was flink, ze kon plotseling overal tegen. Ze ging nu zelfs zomaar door de regen haar middagstapje met Makker maken en ze zag vandaag helemaal niet op tegen het boodschappen doen, ze nam de boodschappen gewoon mee, in één moeite door. Ze keerde terug met een volle tas en stak de sleutel in het slot.

Lieve help, de telefoon. Nee toch? Ja, zeker wel, de telefoon! Hij ging wel tien, elf, twaalf keer keer per dag. En dan liet ze de bel weleens vier, vijf, zes keer achter elkaar overgaan. Mineke meende te horen dat de telefoon deze keer al héél lang aan het bellen was, het gerinkel klonk zo schor. Vermoeid klonk het. Nou ja, maar wat denk je van mij, mopperde ze koket, ik word ook moe van jou, lieve meid. Wacht jij nu maar eens heel, heel even. Eerst de boodschappen naar binnen en dan de hond afdrogen.

Mineke gniffelde, het leek wel alsof ze een minnaar

had. Of een minnares. Marlene vol beloften. Oudroze fluweel van gordijnen, met ouderwetse moiré-changeant zijde gevoerd. Loom wapperend, lijzig ruisend.

Ze ging zich echt niet haasten voor haar aanbidster. Ze vulde eerst bedachtzaam de drinkbak van Makker. Ze droogde het dier van top tot teen af met zijn eigen badhanddoek. Daarna wierp ze een blik op zichzelf in de spiegel. Ai, ze zag er niet uit. De gestage regen had van haar kapsel een pudding gemaakt. En het was nog wel haar kroon, het glanzende goudblonde haar dat ze opkamde in wrongen en daarna geraffineerd nonchalant opbouwde volgens klassiek model, met hier en daar per ongeluk expres ontsnappende krulletjes en sliertjes. Ze hoefde haar haren niet te fatsoeneren om de telefoon te kunnen opnemen, dat niet, maar ze wilde zich wel voor het komende gesprek eens goed installeren.

Ze ontdeed zich van sweater, rok en schoenen en zette de fles zojuist aangeschafte koffielikeur alvast onder handbereik. Toen zocht ze zich wezenloos naar haar pakje Gauloises dat ze weer eens veel te goed had verstopt. Dit was zo'n speciale gelegenheid die je echt niet kon klaren zonder erbij te roken. In het openbaar rookte Mineke allang niet meer, Julia werd trouwens pisnijdig als ze het deed, maar aha, daar lag het onvergelijkelijk hemelsblauw te pralen achter de peterselie en Julia kon de pot op. Kaasplankje erbij? Als dit Marlene was, dan kwam er niets terecht van het avondeten, dan kon ze maar beter wat drank en proviand bij de hand houden.

Zeg hoor eens, neem die telefoon aan, snerpte een

nerveus stemmetje in Mineke, dadelijk hangt ze op en dan kan het wel weer uren duren voordat ze belt. Dan zit je urenlang te nagelbijten en je suf te roken en je vol te vreten met kaas. O, het was weer net als vroeger, in de dagen van verliefdheid, nee nog erger, nee nog leuker. Grijp die telefoonhoorn nou, anders is Marlene weg. Jammer dan, antwoordde de flinke Mineke. Hè toe nou, toe nou, drong die andere aan, je weet toch hoe snel ze is aangebrand? Niets mee te maken, ze wacht maar, zei de flinkerd.

In deze tweestrijd verwikkeld heupwiegde Mineke door haar appartement, ze gleed op kousenvoeten over de parketvloer op en neer: zou ze nu wel of zou ze nog even niet, maar wacht, ze moest eerst nog even lucifers pakken voor haar stiekeme rokertje, want haar vertrouwde aansteker lag niet bij haar pakje, o foei, waar waren ze toch, o foei, o foei, nu ging het er wel echt om spannen. Hoe vaak had dat ding al niet gebeld, en het was er al een paar keer mee opgehouden en toen weer opnieuw begonnen, goed, goed, dan moest ze het maar doen met die heel grote lucifers die bij de open haard lagen, o, o, ze gleed op het nippertje niet uit over het gladgewreven parket. Slippend en met een been omhoog als een kunstrijdster kwam Mineke bij het toestel en buiten adem stamelde ze, toch zo welluidend als ze kon: 'Mineke McEvity-van Maanen.'

'Ja, dat weten we nou wel. Veertien of vijftien keer heb ik laten schellen! Per keer, wel te verstaan. En dat driemaal achtereen! Dat maakt vijfenveertig maal laten overgaan...' Krakend, van de hoge toren en geprikkeld en maar al te herkenbaar: de tandarts in ruste.

'Dag Albert,' zei Mineke mat.

'Niks dag Albert, ik zag je aankomen met je hond en een zware tas. Ik zag je naar binnen gaan en toen heb je me vierenvijftig keer laten ballen. Ik heb iedere keer het maximum aantal keren laten overgaan, je hoorde me toch zeker wel, of ben je doof?' Mineke zonk op de poef neer. De teleurstelling was zo zwaar dat ze niet kon blijven staan. Ze kreeg met die waanzinnig lange haardlucifer haar sigaret trouwens niet aan. Van de weeromstuit gaf ze voor het eerst sinds ze hier woonde de tandarts een grote bek.

'Je zegt ballen in plaats van bellen en hoe weet jij wat het maximum aantal keren is? Dat is een geheim van de PTT.'

'Hallo? Hallo? Ben je daar nog,' schreeuwde Tensingh, die dus deed of hij haar niet had verstaan. Mineke sloeg woedend om zich heen met de lucifer, die ze aan had gekregen maar nu weer niet uit. Dadelijk kwam er nog brand van. Ook goed.

'Hallo zeg! Blijf jij eens even aan de lijn, meisje,' commandeerde Tensingh intussen vertoornd. Mineke beet op haar lippen. Het was weer opzitten en pootjes geven geblazen. Waar haalde de oude heer het lef vandaan? Hij durfde nu, omdat hij haar een week geleden ten huwelijk had gevraagd. Ze had hem om bedenktijd verzocht, maar ze wist het nu wel zeker, voor geen prijs ging zij voor een tweede keer de kerker van het huwelijk binnen, zij niet.

Ze was van haar Douglas gescheiden omdat hij een

ander had, volgens hem een non-argument. Julia was het met Douglas eens geweest: 'Iedereen heeft van tijd tot tijd weleens een ander, daar is het redelijke huwelijk best tegen bestand.'

Mineke had in haar eigenwijsheid echter de ongewisse zelfstandigheid verkozen boven het redelijke huwelijk. Misschien had ze er geen goed aan gedaan, maar ze had geen spijt.

'Albert, ga eens gauw weg alsjeblieft! Als de donder wegwezen, jij. Weg, weg van de lijn, ik zit op iemand anders te wachten.'

Ze hoorde de brave Albert Tensingh diep ademhalen.

'Ik heb het begrepen,' zei hij afgemeten, 'mevrouw, het is genoteerd.' Hij hing op.

Druppeltjes, van tranen of van zweet, parelden langs Minekes wangen. Wat had ze in vredesnaam gedaan? Wat was er in haar gevaren? Hij was een beetje autoritair, haar beste Tensingh, maar wat gaf dat nou helemaal? Ze kon altijd zo goed met hem praten. Ze had hem in vertrouwen moeten nemen, dat had hij wel aan haar verdiend. Hij deed altijd zijn best het haar naar de zin te maken, ze gingen eens per week samen gezellig naar het filmmuseum en op de woensdagmiddag gingen ze bridgen, o jeetje, dat was ze vandaag vergeten, ze gingen met mooi weer vaak naar de boulevard en iedere zondag weer of geen weer naar het ochtendconcert, wat wilde een mens nog meer.

Marlene. Geliefde duivelin, duivelse geliefde, anonieme plaaggeest en aanbidster, Marlene Repelsteeltje.

Diep zoog Mineke de rook van haar Gauloise naar binnen. Ze had het tafelkleedje gepakt en om haar schouders geslagen, ze zat in haar ondergoed te bibberen op de poef. Ze vroeg zich af of ze maar niet liever alvast in bed zou gaan liggen, ook al was het nog vroeg. Ze wachtte. Ze wachtte een heel pakje sigaretten, een pond komijnekaas en driekwart liter koffielikeur lang. Er werd niet meer gebeld, de hele avond niet. 's Nachts evenmin.

Het was liefdesverdriet, puur liefdesverdriet.

Grijzer dan deze laatste dagen van oktober had Mineke het in haar leven nog niet gezien. De bomen rond het flatgebouw lieten hun takken hangen in de mist en verloren hun bladeren. De eenzaamheid was bijna niet te dragen.

Lusteloos sukkelde ze van de ene naar de andere kamer en nergens vond haar hand iets te doen, ofschoon het overal een bende was van jewelste. Ze kon nauwelijks bij de voordeur komen vanwege de lege flessen en de stapels ongelezen kranten. In de badkamer lag de vloer vol vuile was. Uit gewoonte was Mineke op de weegschaal gaan staan. Dat deed ze iedere zaterdagochtend en ze geloofde dat het nu zaterdagochtend was. In plaats van blij te zijn was ze geschrokken: drie kilo was ze zomaar kwijt, drie kilo in minder dan een week en ze had er niets voor gedaan. Of toch wel, ze was vergeten te eten. Of was het al zo erg met haar dat ze helemaal geen zin meer had in eten? Het maakte haar allemaal niets meer uit. Het laatste dat ze had verorberd, was een pond kaas, op die eerste avond dat Marlene niet had gebeld. Die avond was alweer dagen geleden, vier, misschien wel vijf. Ze had de kaas gegeten en daarna niets meer, op een zure bom na en een handvol mariakaakjes. Ze had koorts gekregen van het wachten. Maar de koorts was weg, want ze wachtte niet meer, omdat ze niets meer verwachtte. Makker was de kameraad voor wie ze verder moest leven. Die hond moest uit, die hond moest eten. Hij kon het niet helpen. Julia hoefde nergens van te weten. Ze bedroog haar zuster met opgewekte verhalen aan de telefoon. Ze had er een geniepig plezier in Julia een rad voor ogen te draaien. Ze kraaide dat het geweldig met haar ging en dat ze gelukkig was en dat de tandarts een ring met saffieren voor haar had gekocht bij de juwelier aan het Noordeinde.

'O, kind, saffieren! De kleur van je ogen, ik kom hem gauw bekijken,' kondigde Julia aan.

'Wij hebben het beredruk, Juul, wij zijn amper thuis, wij komen wel bij jou.'

'Geluksvogeltje!'

Ze stopte met drinken toen ze door de voorraad alcohol heen was. Ze had geen zin om nieuwe flessen te halen. Toen ze niet meer dronk sliep ze echter niet meer. Ze kwam op vreemde tijden met Makker buiten. Ze doolde als een geest in het park rond. Ze trok nog wel een jas aan over haar flanellen pyjama, maar ze nam niet de moeite haar pantoffels van teddybont te verwisselen voor wandelschoenen. Soms zag ze de maan door de nachtelijke nevels heen, soms hoorde ze de hanen van de kinderboerderij de nieuwe dag verwelkomen.

En toen belde op een avond, heel laat al, Marlene.

In een uiterst zwoele stemming was ze. Haar kreunen klonk als de zang van een sirene. Toen ze eindelijk begon te spreken, was de toon als vanouds, strelend, liefkozend, maar toen ze de vertrouwde woorden uit het Hooglied zei, viel op hoe schor ze was, zo schor dat ze nauwelijks kon praten. Was ze ziek geweest? Had ze daarom zo lang niets laten horen? Mineke verbrak ineens de onuitgesproken regel dat er door haar zou worden gezwegen.

'Ben je ziek geweest, lieverd?' riep ze. Ze juichte bijna. 'Was je erg ziek? Heb je daarom al die tijd niets laten horen?'

'Vroeg ik je wat?' bracht Marlene moeizaam uit. Bestraffend en teleurgesteld.

'Toe nou, lief mens,' drong Mineke aan, 'ik heb me zo ellendig gevoeld. Ben je ziek? Zeg het dan! Dát mag ik toch wel vragen?'

Er viel een ijzige stilte.

Het was alsof een dunne novemberwind door de hoorn blies. Daarna kwamen de onvermijdelijke dorre bladeren met hun hopeloos geritsel. Toen eindigde alles met een kleine klik.

Na een doorwaakte nacht stond Mineke voor het raam van haar zitkamer. Wat lag die telefoon er hatelijk bij. Wat was dat een bleke verrader, die haar met zijn goudkleurige kiesschijf uitlachte.

En dat haar hand zich nog bevend naar zijn hoorn uitstrekte ook, ze leek wel gek. Ze richtte haar blik dapper op het park en de bomen. In de ochtendschemer zag ze enige beweging buiten, kijk eens aan, daar ging Albert. Hij had zijn jagershoedje stevig op zijn kop gedrukt, tot bijna over zijn ogen. Had hij, net als zij, ook weinig lust meer om de wereld aan te zien? Haar hart werd bewogen door iets wat op medelijden leek. Wat liep die man er treurig bij, met zijn hoofd naar de grond. Hij keek niet meer zoekend naar boven, met een twinkelend oog, naar haar raam, zoals tot voor kort. En dan had hij zijn hoedje afgenomen zodra hij haar zag, en er uitbundig mee gezwaaid. Mineke knipperde met haar ogen om ze droog te houden, terwijl ze in een opwelling het zijraampje openzette en haar hoofd naar buiten stak. Ze floot als een kwajongen op haar vingers, zeg maar gerust als een kwaaie meid. Ze floot schel en doordringend, dat kon ze toevallig goed. Makker was al bij haar, hij legde zijn kop op de vensterbank en keek met haar mee naar buiten. Naar de tandarts, die waarschijnlijk niet zo'n goed gehoor had, moest ze nog wel een poosje fluiten. Maar eindelijk keek hij dan toch op.

Hij zag haar staan, Mineke, haar vingers in haar mond, in haar roze-blauwe bloemetjespyjama, rond haar hoofd haar woeste, ongekamde haren.

Hij straalde.

Hij nam zijn hoedje van zijn hoofd en gooide het hoog in de lucht.

Briefkaarten uit Foulksmills

Fiona McGrath strekt haar grijpvingers uit naar dat wat zij hebben wil en dat krijgt zij dan ook. Altijd.

Hoe kom ik daarbij? Wie heeft me dat toch verteld? Misschien Denis Keane zelf, lang geleden.

Maar Denis Keane heeft zij niet gekregen. Of wel?

Ze geven nooit rechtstreeks antwoord, die Ieren. Altijd vertellen ze eerst een dramatisch verhaal, dat eromheen draait. Ieren zijn meeslepende vertellers en algauw ben je door hun verhaal zo betoverd dat je je vraag bent vergeten. Of liever gezegd, je wilt het antwoord niet eens meer weten.

Dat ik Fiona McGrath snel heb gevonden, is geen wonder. Zij werkt nog steeds in dat oude hotel in Foulksmills. Het hotel is in de veertien jaar prachtig gerestaureerd en volgens mij heeft Fiona de touwtjes daar nu stevig in handen.

Maar natuurlijk was ik niet op zoek naar haar, ik was op zoek naar Denis Keane, de held uit mijn verleden. Hij had mij lang genoeg aan zijn bestaan herinnerd met zijn lyrische, schaamteloze briefkaarten.

Voor hem was ik dus in Ierland, eerlijk is eerlijk, al was het dan tegen wil en dank. Ierland is een mooi land, een magisch land, maar ik was er wat mij betreft nooit meer naar toe gegaan. Als de briefkaarten gewoon waren blijven komen, was dat waarschijnlijk ook nooit meer gebeurd.

Behalve ontboezemingen waarbij ik het nog altijd bloedheet krijg als ik ze me voor de geest haal, schreef Denis Keane er ook altijd trouwhartig een zinnetje bij over zijn paarden en de successen die hij met ze oogstte. De paarden, die ik goed had gekend. Maar geen woord meer over 'onze' Easter Rising. Wel over haar zoon April Fool, die vanaf zijn tweede jaar alles won wat er te winnen viel, samen met Denis Keane.

De verrichtingen van Denis en April Fool heb ik een tijdlang zelfs op televisie kunnen volgen, die twee zijn jarenlang lievelingen van een internationaal paardenpubliek geweest.

Het is veertien jaar geleden dat ik Denis heb ontmoet. Ik had mezelf al direct verboden te vaak aan onze ontmoetingen te denken.

Het mocht mij niet al te hevig meer interesseren. Eraan terugdenken had trouwens geen zin. Het leidde tot niets. Terugschrijven op zijn briefkaarten deed ik dan ook nooit, dat sprak vanzelf.

Denis stuurde één kaart per jaar. Niet met Kerstmis of met Pasen, niet op mijn verjaardag, maar op een dag in het voorjaar. Ik hield me schijnheilig voor dat het zomaar een dag in april was.

Drie jaar geleden kwam er voor het eerst geen kaart. Het jaar daarna ook niet. Het is nu weer eind april, er kwam geen kaart en dus ben ik zelf naar Ierland gegaan.

Omdat ik wil weten waar de briefkaarten blijven.

Het verbaast mij eigenlijk niet dat de kaarten zijn opgehouden. Het heeft mij eerder verbaasd dat ze zo lang zijn blijven komen, kaarten vol dol verliefde en dichterlijke kreten, of een adembenemende opsomming van obsceniteiten, zo mag je het ook noemen.

Tien dicht beschreven kaarten heb ik ontvangen. Tien jaar lang heeft Denis Keane kaarten gestuurd aan iemand met wie hij één nacht op stap is geweest.

Op stap is geweest, laat ik het zo maar noemen, want ik geef niet graag aanstoot. Op al zijn kaarten herinnerde hij mij iedere keer vol hardnekkige hartstocht aan die ene nacht. Hij beschreef ons avontuur in bewoordingen die er niet om logen. Alex noemde hem al na de derde kaart meesmuilend 'onze Ierse pornograaf'. Het leek erop dat Denis Keane de gebeurtenissen van toen op deze manier telkens opnieuw met mij wilde beleven. Zijn vuur doofde niet met de jaren. Eerder laaide het feller op. En ineens was het weg. Wat mij restte, waren zijn briefkaarten uit Foulksmills, met onstuimige teksten, in een energiek handschrift in donkerrode inkt.

Toen er dit jaar weer geen kaart kwam, besloot ik naar Ierland te gaan. Ik werd gedreven door een combinatie van weemoed en nieuwsgierigheid, vermengd met een tikje gekwetste ijdelheid misschien ook.

Ik moest toegeven dat ik de briefkaarten miste, verschrikkelijk miste. Mijn leven leek leeg zonder de post uit Foulksmills.

Of ik er misschien op rekende de volgende jaren weer kaarten te krijgen na een nieuwe ontmoeting met Denis Keane? Was dat de werkelijke reden van mijn reis? Wat kan een mens zich allemaal in het hoofd halen.

Een nieuwe ontmoeting zou zelfs in de verste verte nooit lijken op die van veertien jaar geleden, dat bracht Fiona McGrath, het loeder, mij meteen al met demonisch plezier aan het verstand.

'Kijk, uw jurkje,' riep zij uit en ze toonde het mij. 'Uw jurkje van vroeger!'

Die heks had mijn witte doorknoopjurk nog. Niet te geloven. Fiona, jij arme stakker, dacht ik, jij hebt dus dertien jaar lang of nee, veertien jaar lang heb jij mijn jurk bewaard. Heb je hem eigenhandig gewassen, daarna zorgvuldig gestreken en ook nog onzichtbaar gerepareerd?

Ik was nog maar net in haar keuken aangekomen toen ze mij het ding triomfantelijk liet zien. Lag het soms al die jaren vlak bij de hand, voor het geval dat?

'Kijk toch aan, dit is uw jurkje van lang geleden.'

Met grote omzichtigheid ontdeed ze het van een cellofaan omhulsel, daarna drapeerde ze het over haar arm en ten slotte rolde ze het uit alsof ze eerbiedig een vlag vertoonde. Ineens kon ze zich niet meer beheersen. Ze barstte uit in een stompzinnig gegrinnik en balkte: 'De jurk past nu in zijn geheel nog net om uw bovenarm.' Ze wierp mij het ding toe. Ik ving het op en streek het bedachtzaam glad op mijn schoot.

'Of om uw dij.' Schaterend sloeg zij zich op de knieën.

'Ach, maar jij had er wel wat aan, dan?' vroeg ik zoetsappig. 'Heb je de jurk nog gedragen? Bruidsmeisje geweest, misschien?' Ik keek subtiel langs haar hoge rechterschouder, het soort hoge schouder dat je als je hatelijk gestemd was, een bochel zou noemen.

'U herinnert het zich nog?' vroeg ze stralend, alsof ik haar een compliment had gemaakt. 'U herinnert zich alles nog van ons tuinfeest?'

Het had weinig zin dit te ontkennen. Waarom zat ik hier anders in haar keuken?

Ik zat in de keuken van Fiona McGrath, terwijl ik voordat ik naar Ierland reisde, met de moed der wanhoop aan een dieet van de Weight Watchers was begonnen.

Maar ik moest wel in haar verlokkelijke keuken zitten, want waar anders kon ik te weten komen waar Denis Keane was gebleven?

Terwijl ik mij het hoofd brak over de beste manier om het onderwerp aan te roeren, niet rechtstreeks natuurlijk – dat kan niet in dit land, dan klappen ze dicht als oesters en geven geen kik meer – terwijl ik dus een manier bedacht om de nodige inlichtingen te verzamelen, zo omslachtig en zo gecompliceerd en zo langdradig mogelijk, en tevens zo onopgemerkt als maar kon, vroeg zij mij ineens zonder omhaal of mijn man deze keer niet was meegekomen.

Ze gaf me geen kans om te antwoorden, ze ratelde een poos voort over de indrukwekkende eigenschappen en de charmes van mijn Alex. Wat een man, mevrouw, u heeft het maar getroffen. Zo knap als een koningszoon en ook nog een kei in zijn vak. Was hij niet bovendien zo rijk als Croesus? En geestig op de koop toe. Maar bovenal liefhebbend, op de juiste wijze, slechts oog voor zijn eigen vrouw, dat is pas bijzonder, dat is wel zeer zeldzaam. Ze zong lang zijn lof totdat ik haar toeschreeuwde: 'We zijn alweer zes jaar gescheiden.' Ze keek er in het geheel niet vreemd van op, eerder treurig.

'O, o, o,' mompelde ze, terwijl ze haar hondenkop met de hangwangen traag heen en weer schudde, 'u heeft het dus bij hem verbruid. O, o, maar dat zat er wel in, mevrouw, dat zat er wel in.'

Er klonk geen triomf in haar stem, maar gelatenheid, een berustende melancholie. Het leek erop dat ze me wilde troosten. Ze stak haar klauw van een hand naar mij uit, ze wilde me over mijn haren strelen, maar ik trok me schielijk weg. Zij bleef nog een poosje hoofdschuddend zitten, alsof ze diep ongelukkig was.

Toen krabbelde ze op en sloeg luidruchtig aan het redderen. Wij spraken niet meer, totdat ze op tafel voor mij een bord neerzette waaruit een onvergetelijke en verrukkelijke geur opsteeg, die mij automatisch naar de lepel deed tasten.

Ook dit herinnerde ik mij, dit was Fiona's koude prei-en-aardappelsoep. De soep is in New York in het Ritz-hotel geboren en werd door de Franse chef vichyssoise genoemd. Maar de beste vichyssoise uit de Ritz in New York is slechts kroos in vergelijking met de godenspijs van Fiona McGrath uit Foulksmills.

Haar kookkunst herinner ik mij bijna even goed als ik mij de rijkunst van Denis Keane herinner, al haar recepten kan ik mij zo voor de geest halen. Nee, dat is in dit geval de verkeerde uitdrukking, ze liggen mij nog op de tong, próéven kan ik ze, al die heerlijkheden uit de tijd dat ik nog nooit van Weight Watchers had gehoord: haar hemelse consommé, haar machtige wilde zalm, haar exuberante trifle.

'Maar ik ben op dieet,' mompelde ik al slurpend nog.

'Een mens moet eten. Het is trouwens tijd voor de lunch. Zal ik u vertellen wat ik heb gemaakt?'

'Zet het maar neer, doe maar net of het voor iemand anders is.' Ik sprak met volle mond. Wie gelooft nu dat prei-en-aardappelsoep zo'n sensatie kan zijn, zo verrassend onder de bescheiden lichtgroene aanblik, zo smaakvol, zo veelvoudig gelaagd, zo geraffineerd en geheimzinnig, zo'n volmaakt kunstwerk kortom. Genietend van Fiona's toverij had ik voor het eerst geen zweem van spijt dat ik zo vastberaden op weg was gegaan naar Foulksmills.

Veertien jaar geleden kwamen Alex en ik er terecht. In Foulksmills wilden wij een inspannende reis door het noorden van Ierland besluiten met verblijf in het zuiden. Alex had de Ierse tragiek, agressie en gespletenheid gefotografeerd en om daarvan bij te komen wilden wij naar de rustigste plek ter wereld, die te vinden zou zijn in de uiterste punt van het zuidoosten van de Ierse Republiek.

Alex' vak was zijn hobby, dus ook op onze vakantiebestemming fotografeerde hij bij voortduring: de natuur en de mensen, de dieren en de dingen.

Als Alex aan het werk was, kon ik maar beter iets gaan doen dat mij volledig in beslag nam, want als hij foto's maakte, dan was hij er niet voor mij. Dat maakte mij niet uit, ik was heel tevreden als ik mee mocht op zijn reizen. Hij was een beroemd fotograaf en kreeg interessante opdrachten, ik volgde hem gedwee. Maar ik klaagde nooit, want Alex was de man van mijn leven.

Wij hadden een goed huwelijk, vond ik. Vond hij ook. En het heeft dan ook heel wat jaren geduurd. Ieder jaar opnieuw gingen wij op een soort huwelijksreis en tussendoor was het ook bijna voortdurend wittebrood met haring of wittebrood met honing, al naargelang we het wensten. Met af en toe een klein beetje gal en azijn erbij, maar dat hield nu juist de spanning erin. Tortelduiven waren we, maar niet van die slome. Pas maar op, kijk maar uit, zeiden bezorgde vrienden, dat kan niet altijd zo doorgaan met jullie, straks komt de seven-year itch eraan, dan is het sprookje ten einde.

In Foulksmills logeerden we in een kasteel, dat zou worden verbouwd tot hotel. Het was nog een bouwval, alleen de stallen verkeerden in puike staat. Aan de paarden werd in alle opzichten meer aandacht besteed dan aan de menselijke gasten, zo bleek al snel. Niets in het hotel werkte zoals het moest, maar de sfeer was romantisch en er verbleven enkele enthousiaste paardengekken onder wie ik mij opgewekt schaarde. En Alex ging weer op pad en fotografeerde.

Van het eten herinner ik mij nog dat er behalve de gebruikelijke hotelprut en brij soms ineens delicate en kostelijke gerechten op tafel verschenen, die niet op de kaart hadden gestaan.

'Ach ja,' zei dan de vroegere eigenares, die, als ik me niet vergis, de moeder was van Denis Keane, 'die gerechten zijn de probeersels van onze kleine Fiona, het kamermeisje, u kent haar toch wel? Wat zouden wij zonder haar moeten beginnen?' Het zou moeilijk zijn geweest om de kleine Fiona niet te kennen, want ze was met haar mismaakte lichaampje en grote hoofd niet alleen het kamermeisje, ze was ook de portier en de receptioniste, de kok en de schoonmaker, de stoker en de stalknecht. Al het werk in dat reusachtige, tochtige krot van een hotel deed ze praktisch alleen. Maar dat was niet de reden waarom je haar niet vergat als je haar eenmaal had ontmoet. Ze was een levend contrast, een onbeschrijflijk lelijk wezen dat speels en aanhalig was als een puppy, snoezig en duivels tegelijk. Hoe durfde dit gedrocht zich zo aan je op te dringen? Dan aaide je het maar weer en je vloeide over van tederheid. Fiona McGrath had het hoofd van een hond, met diepe hangende huidplooien en rood doorlopen ogen. Ze had ook een bocheltje, veel te lange armen en veel te korte, kromme beentjes. Ze was voortdurend bezig het je naar de zin te maken en als je even niet oplette, vlijde ze zich tegen je aan en drukte snel een kus op je hand of je wang. Het ontbrak er nog maar aan dat ze kwispelde.

Hoe anders was dat met Denis Keane, de pikeur. Over Fiona werd gefluisterd dat zij een wisselkind was, waaraan de helse afkomst wel viel af te lezen. Denis Keane daarentegen kon met gemak doorgaan voor een uit de hemel gevallen engel die toevallig was terechtgekomen op een paard.

Wie Denis voor het eerst te paard zag, leek iets te aanschouwen dat niet bestemd was voor menselijke ogen. Het was mooi en indecent tegelijk, een versmelting van ruiter en paard tot een onweerstaanbare centaur. Het mythische wezen straalde een overrompelende levenslust uit en veroorzaakte bij het aanschouwen alleen al bewondering en begeerte.

Denis had blauwzwarte haren, een doorschijnend bleke huid en intens blauwe ogen, net als zoveel van zijn landgenoten, maar zijn aantrekkingskracht ging deze oppervlakkigheden verre te boven. Hij gloeide van hoofd tot voeten van dezelfde energie en viriliteit als de hengsten die hij moest bedwingen. De paarden werden altijd nog mooier dan zij al waren, en ze schenen te fonkelen van een inwendig vuur als ze door Denis werden bereden.

Wij konden het goed vinden, de pikeur en ik. Na een week vertrouwde hij mij een moeilijke merrie toe, die bijna iedereen te nukkig was. Het was een groot compliment, begreep ik wel. Ik was in die dagen geen onverdienstelijke amazone. Ik kon overweg met haast alle paarden, hoe wild of hoe lastig ook, gezadeld, ongezadeld, met de sporen of zonder, onder de ruiter, aan de hand, aan de longe, het maakte niet uit. Ik had een merkwaardig overwicht op de dieren, maar het was geenszins mijn lichaamsgewicht dat hieraan bijdroeg. Ik ben een meter vijfenzestig lang en woog destijds geen gram meer dan vijfenveertig kilo, dat weet ik nog goed.

(Is het eigenlijk allemaal niet veel langer geleden? In

veertien jaar kun je toch in gewicht niet zomaar meer dan verdubbelen?)

Ik sprong, van de grond af, in één keer op de rug van een paard.

'Dat is niet ladylike,' zei Denis Keane, 'dat doen uitsluitend staljongens, stijg op als een dame.' Hij vouwde zijn handen tot een opstapje. Ik zie het nog voor me. Ook zie ik nog hoe Fiona McGrath van een afstand naar ons stond te kijken, een uitdrukking van ontzetting op haar gezicht. Het was mij niet ontgaan dat zij Denis Keane een innige liefde toedroeg, maar ik was niet van plan daar rekening mee te houden.

'Waarom sjokt die kleine bassethound zo droevig rond in de stallen?' vroeg ik een keer geërgerd. Denis Keane boog zijn hoofd. 'Fiona heeft geen uiterlijk schoon, maar zij bezit veel andere kwaliteiten, die belangrijker zijn. En de gave,' zoiets hoorde ik hem mompelen. Nou ja, wat hij zei, interesseerde mij niet. Ik was niet uit op zijn sprankelende conversatie.

Eerst gingen Denis en ik met onze paarden ieder onze eigen weg, maar wij kwamen elkaar steeds eerder en vaker onderweg tegen en dan reden wij een poos samen op en wisselden van gedachten over het wel en wee van de dieren. Algauw bleek dat wij een bewondering voor Easter Rising deelden, de nukkige merrie, die in ieders ogen absoluut onhandelbaar was, maar die overigens op zeldzame momenten onder Denis Keane weleens tot schier gevleugelde daden kwam. Als ze ging, met Denis, dan ging ze hoger, sneller en soepeler dan alle andere paarden die wij kenden.

Nu was het wonderlijke dat Easter Rising liefde opvatte voor mij. Voortaan wenste ze alleen nog met mij tot prestaties te komen. Ik was in de wolken. Mijn jongemeisjesfanatisme voor paarden, al bijna helemaal vergeten, herleefde. Ik wilde hier nooit meer weg.

Alex begreep het volkomen. Toen hij moest vertrekken, zei hij: 'Blijf nog een tijdje, je kunt je toch niet zomaar losmaken van dat wonderpaard van je.'

Zo was dat huwelijk van ons, we gunden elkaar wat. Ik meen me te herinneren dat Alex zelfs nog plagerig heeft opgemerkt: 'Of is het niet het paard maar de pikeur?'

We vertrouwden elkaar.

Alex ging naar een gebied, ik weet niet eens meer precies waarheen, waar rellen waren, ik geloof ergens in Zuid-Amerika. Zodra hij weer veilig thuis was, zou hij mij opbellen.

Het duurde een dag of tien voordat zijn telefoontje kwam. Het was in de nacht van het tuinfeest.

Het tuinfeest was zomaar komen opzetten, omdat het hier, op die zuidoostelijke Ierse punt, voor het eerst prachtig voorjaarsweer was. Ter ere van de onverwachte tropische temperatuur moest een tuinfeest worden georganiseerd. Lampions werden in de bomen gehangen, er kwamen muzikanten, er zou worden gedanst. Ik had mijn Italiaanse jurk aan, van dunne witte zijde, die nauw om het lijf sloot met aan de voorkant wel tweehonderd stoffen knoopjes, die gesloten werden met lusjes.

Ik had een paar knoopjes opengelaten, bij de hals en

aan de zoom. Achteraf niet genoeg. Eronder droeg ik niets behalve een vleug parfum van Balenciaga.

Ik wilde Denis Keane verleiden. Tot niets meer, erewoord, dan een dans. En dat had ik hem gewoon al gevraagd, want zo kameraadschappelijk gingen wij intussen wel met elkaar om.

Iemand die zo een paard bereed als hij, zodat het paard een goddelijk aanschijn kreeg en je het als het ware hoorde fluisteren en zoemen alsof het in extase verkeerde, zo iemand zou beslist een interessante danspartner zijn. Denis zei dat ik mij daarin vergiste, maar dat hij mijn vleiend verzoek niet durfde te weigeren.

Toen hij eindelijk naar mij toe kwam, was het al laat. Hij was gekleed in overall en keek ongewoon ernstig. Er stond zweet op zijn voorhoofd. Hij zei dat hij alleen maar kwam vertellen dat de dans niet kon doorgaan. Het speet hem zeer, maar er was iets mis met Easter Rising, zij had koliek.

Hij moest met haar lopen. Ter plekke schopte ik mijn elegante schoenen uit en rende blootsvoets achter hem aan. Hij zei kortaf dat er in de stal laarzen lagen, die ik maar moest aantrekken.

Lopen met een paard dat koliek heeft, is op zijn minst zenuwslopend. Het gevoel van machteloosheid is nog wel het ergste. De opluchting achteraf schijnt een alibi voor uitbundig gedrag te zijn, maar ik beweer dit niet om een excuus te hebben.

Easter Rising stond alweer uren en uren op stal, gelukkig hersteld en de zon was allang op, toen ik eindelijk naar mijn kamer strompelde. Ik had de laarzen niet meer aan. Ik had een staldeken om mijn lijf en hield mijn Italiaanse jurk in de hand. Het kenmerk van een goede jurk is dat je hem in één hand kunt houden, als een verfrommeld zakdoekje. Deze jurk had onherstelbare averij opgelopen.

Met een elegant gebaar wierp ik het ding in de prullenmand, ongetwijfeld met een verzaligde glimlach om de lippen. Wat kon mij die jurk nog schelen? Hij had gedaan waar verleidelijke jurken toe dienen. Hij kon gaan. Ik herinner mij dat ik zelfs proestend van het lachen insliep, omdat Denis Keane nog zijn verontschuldigingen had aangeboden dat wij die avond niet op het tuinfeest hadden gedanst.

Ik was nog maar net in slaap toen ik wakker schrok omdat er iemand heftig aan mijn schouder schudde. Naast mijn bed stond Fiona McGrath, nog lelijker en aandoenlijker dan anders. Uit haar grote rode ogen dropen tranen. Haar platte neus met al die haren en wratten erop was gezwollen van het gesnotter.

'Ik weet niet of ik dit goed heb gedaan,' hijgde zij, 'maar uw man was aan de telefoon en hij heeft vannacht nog wel drie keer gebeld en ik kon jullie niet vinden.'

'Jullie?'

'Hij vroeg ook naar Denis, de laatste keer.'

'Wat wil hij dan van Denis, verdorie?'

'Ik ben overal geweest, ik heb in uw bed gekeken, in uw badkamer gekeken, in de tuin bij het feest, naar de rivier ben ik gelopen, in de stallen ben ik geweest,' – ze balde bij deze woorden haar vuisten – 'toen ik in de stallen was geweest, heb ik ten slotte maar tegen uw man gezegd dat u in een diepe slaap lag en dat ik u niet wakker kon krijgen.'

Ik wilde haar medeplichtigheid niet. Koeltjes merkte ik op: 'Geen wonder dat je mij niet kon vinden. Ik was met Denis Keane bij Easter Rising. Wij stapten met haar, want ze had koliek. We zijn helemaal tot Ballynamona gelopen en toen weer terug.'

Ik was overeind gaan zitten en keek om mij heen. Ik zag dat Fiona al eerder op deze ochtend, terwijl ik sliep, in de kamer was geweest. Ze had opgeruimd, afgestoft, de prullenmand leeggegooid. Ze had mijn jurk gevonden. Afgescheurde knoopjes, losgetrappelde zoom, vlekken van verschillende aard, de jurk sprak eigenlijk boekdelen. Ook al zou Fiona niet in de stallen zijn geweest, het had geen enkele zin om haar nog iets wijs te maken.

De volgende dag ben ik naar Holland gereisd, naar huis.

Mijn Ierse avontuur was ten einde, dacht ik. Alle betrokkenen zouden binnen afzienbare tijd wel weer op hun pootjes terechtkomen. Ongetwijfeld zouden Fiona en Denis elkaar vinden, want blijkbaar had zij zich dat vast voorgenomen. En Alex en ik, ach, wij hadden nu eenmaal al meer dan tien jaar een huwelijk dat bestand was tegen een stootje.

Toch moet mijn niet-verklaarde afwezigheid in de Ierse nacht een bres in het vertrouwen hebben geslagen. Tussen ons groeide een soort lusteloosheid, afgewisseld door prikkelbaarheid. Misschien was mijn Ierse nacht wel het begin van het einde van onze volmaakte verhouding, wie zal het zeggen. Het heeft geen zin mij daarvoor achteraf de haren uit het hoofd te trekken van spijt.

Alex en ik hebben nog wel geprobeerd om te doen alsof er niets aan de hand was geweest, om mijn 'misstap' maar te vergeten. Maar jaar na jaar werden wij aan mijn Ierse avontuur herinnerd door die hartstochtelijke, die scabreuze briefkaarten van Denis Keane.

'Kan die boerenlul daar niet eens een envelop omheen doen?' liet Alex zich op een dag pisnijdig ontvallen toen hij me mijn post overhandigde.

Hoe lang moest ik nog in de keuken van Fiona McGrath zitten, hoeveel moest ik nog van haar nectar en ambrozijn drinken en eten voordat zij mij eindelijk, eindelijk vertelde wat ik wilde weten?

Of voordat ze mij triomfantelijk vertelde dat zíj hem nu eindelijk had?

Er stond alweer een nieuw, vol geschept bord voor me op tafel.

'Mijn Irish Mistery Chicken,' grijnsde Fiona, 'een kippetje gesmoord in onze Irish Mist, het zal je alles laten vergeten wat je vergeten wilt.'

'Fiona, daarvoor hoef ik jouw kippetje niet, ik vergeet toch al alles, maar ik weet donders goed wat ik weet,' wees ik haar terecht, maar ik was al aan het kluiven geslagen.

Het was moeilijk om niet in vervoering te raken over zoiets banaals als voedsel en overigens, dit gerecht mocht je geen voedsel meer noemen, het was eetbare drank. Wilde ze me op die manier buiten gevecht stellen, mij dronken voeren? Ik deelde haar mijn boze vermoeden mee: 'Het is waarschijnlijk jouw bedoeling om mijn verstand uit te schakelen.' En toen wierp ik haar eindelijk mijn vraag voor de voeten: 'Hoe is het toch met Denis Keane? Vertel eens.'

'Ach!' Ze legde beide handen om haar grote, afzichtelijke hoofd en schudde het weer zachtjes.

'Dat u het nu over een uitgeschakeld verstand moet hebben wanneer u juist naar hem vraagt.'

'Wat bedoel je?' Ik ging bijna door de grond. 'Drie jaar geleden was er nog niets mis met zijn verstand, voor zover ik kon merken.' Ik wilde maar zeggen: aan de teksten op zijn briefkaarten mankeerde niets!

Diepe zuchten deden de borst van Fiona McGrath zwoegend op en neer gaan. Behalve begenadigde verhalenvertellers zijn zij ook grote toneelspelers, de Ieren.

'Al drie jaar lang herkent Denis Keane zelfs zijn eigen moeder niet meer.'

Ze boog zich over haar gevouwen handen heen, alsof zij bad. Dramatisch vervolgde ze: 'We noemen dat hier: één keer te vaak hard afgestapt.'

Ik zat met stomheid geslagen. 'De grond gekust,' kreunde Fiona, nog theatraler.

'Gevallen?' vroeg ik dom.

'Eén keer te vaak.'

Ik keek in mijn bord. Knekels, drank. Het leek wel een Iers kerkhof, waaruit altijd die Ierse mist opstijgt, in flarden. Ik schoof het bord weg.

Fiona waagde het over mijn haren te strelen.

'Een frambozensoufflé toe, mevrouw? Met likeur uit honing en room?' fluisterde ze.

'Hou toch op,' krijste ik haar toe, ik had me niet meer onder controle, 'jij denkt alleen maar aan je achterlijke recepten. Moddervet zou je zijn als je geen heks was.'

'Dit is likeur uit magere room,' dreunde ze somber, 'light dus, light light light, zoals de mode het voorschrijft. Light maar lekker, lekker maar licht, net als u, toentertijd.'

'Wat kan mij dat nu schelen?' Het liefst was ik onder tafel gekropen om daar te kunnen huilen. Ik keek op en zag dat er tranen dropen over Fiona's treurige bassethound-wangen. Het herinnerde me aan die laatste keer, toen ze in mijn hotelkamer stond en me zojuist wakker had geschud. Dat ze me ook zo wanhopig aankeek, dat ze die kapotte jurk uit mijn prullenmand had gevist en over haar arm had gehangen, dat ze fluisterde dat het zonde was om zo'n mooie jurk weg te gooien, ze zou hem voor mij herstellen, alle tweehonderd knoopjes er weer aan naaien, ze praatte moeizaam en met grote tussenpozen, omdat ze wilde dat ik tegen haar zou spreken. Ze wilde dat ik haar bezwoer dat er niets van belang was gebeurd tussen Denis en mij. Ze wilde dat ik zei dat ze zich geen zorgen hoefde te maken, Denis Keane was voor haar. Hij had mij verteld, moest ik haar zeggen, dat hij van haar hield omdat ze de gave had en kwaliteiten, groter dan uiterlijk schoon.

Maar ik heb geen woord gezegd en geen hand uitgestoken om haar te troosten of gerust te stellen. Ik heb haar afgesnauwd.

'Donder op, Fiona, neem die jurk maar mee, ik hoef hem niet meer.'

Ben ik met de jaren soms milder geworden?

Deze keer wilde ik wel vriendelijk zijn voor Fiona McGrath. Om haar op te monteren probeerde ik mijn bewondering uit te drukken voor het enige waarin zij volgens mij excelleert, haar kookkunst. Ik zei zacht en vertrouwelijk: 'Nu je me hebt verteld over Denis, krijg ik geen hap meer door mijn keel. Dat ligt niet aan jou, lieve schat, dat begrijp je wel. Jij bent de beste kokkin die ik ken. De beste kokkin van de wereld. Laten we niet meer over die arme Denis praten. Geef me het recept van je prei-en-aardappelsoep. Alsjeblieft? Mag ik het recept? Ook al is het geheim?'

Ik reikte haar mijn agenda aan en mijn pen. Fiona schreef op een leeg blaadje wat ik meende dat het recept was voor haar soep. De tranen rolden haar nog steeds over de wangen.

Ze schreef niet lang, ze kwam niet verder dan één zin en toen legde ze de pen weg. Ze leunde achteruit in haar stoel en drukte haar hand tegen haar ogen, alsof het haar allemaal te veel was. Ik stond op en keek over haar schouder naar wat ze had neergepend. Voor iemand met zo'n kromgetrokken klauwtje schrijft ze verbazend vlot en in een stoer, energiek handschrift, was mijn eerste indruk. Toen pas besefte ik dat ik dit handschrift kende.

'Geef dat eens hier, laat eens zien.' Donkerrood werd ik van mijn hals tot aan mijn voeten, ik voelde mij door en door beroerd, door en door verraden. Ze probeerde nog het blaadje uit mijn agenda te scheuren. Ze bedekte het een ogenblik met haar handen. Toen probeerde ze niets meer te verhullen, ze gaf mij koelbloedig mijn agenda aan.

'Geef hier, godverdomme, kreng dat je bent,' siste ik haar toe.

Ik las die ene zin: 'Wraak duurt langer dan liefde.'

De letters dansten voor mijn ogen. Maar niet vanwege de betekenis van de woorden die ik las. Het was het handschrift dat mij flitsende steken door het hoofd bezorgde.

Hetzelfde handschrift waarin al de briefkaarten waren geschreven, die ik dertien jaar lang heb ontvangen, die ik zelfs lange tijd als een verliefd jong meisje tussen mijn lingerie heb bewaard en die ondertekend waren met 'Denis Keane'.

Ik vergiste me niet.

Ik zei het al, de Ieren zijn grote verhalenvertellers en begaafde toneelspelers. Zijn daaronder niet evenzovele grandioze fantasten?

Ik heb Fiona's keuken verlaten, ben weggegaan van het landgoed waarop het allang niet meer bouwvallige hotel staat.

In een opwelling ben ik er nog eens omheen gereden, voor het laatst in Foulksmills. Achterom langs de stallen, langs de paddocks en de weiden, tussen de manshoge heggen van fuchsia's door, die nog niet in bloei staan, voorbij aan de oude watermolen.

En daar kwamen een man en zijn paard bedaard aanstappen, ze waren duidelijk op weg naar de stallen, die twee. De teugels los, het paard met laag langs de grond zwierend hoofd, de man met de blik van de ervaren ruiter, ontspannen en alert tegelijk. Nog altijd die glorieuze houding en die fiere gestalte en de heldere, intens blauwe ogen, waarin geen spoor van verstandsverbijstering was. Veel was hij niet veranderd, deze uit de hemel gevallen aartsengel. Hij had alleen maar een zweem zilvergrijs gekregen in zijn verder nog altijd blauwzwarte haar.

Natuurlijk had ik kunnen blijven staan, bij het kruispunt, waar man en paard linksaf zouden gaan. Ik had uit mijn auto kunnen stappen. Ze moesten dan vlak langs mij heen.

Zou Denis Keane mij herkennen? Hij herkende zijn eigen moeder niet eens, huilde Fiona McGrath.

Ze is een heks, ze is een hond, maar haar tranen waren echt. Toen ze zich bij het afscheid nog aan mijn borst wierp en zelfs haar gezicht tegen het mijne drukte, liep het zout van haar tranen in mijn mond.

De proef op de som heb ik niet genomen. Denis Keane kon ik best vergeten, de man van die ene nacht. Voor hem was ik niet weer naar Ierland gekomen. Ik kwam terug voor de schrijver van de briefkaarten uit Foulksmills.

Het hondje van Veronica Lake

Een vrouw alleen, zei iedereen, is niks gedaan.

Zelfs de dokter vond dat Betty een contactadvertentie moest zetten.

Betty zelf had liever een hondje, in plaats van zo gauw weer een man. Aan een man wilde ze eigenlijk liever niet denken, daarvoor flitsten in haar hoofd nog te vaak de vele onaangename momenten uit het huwelijksleven voorbij.

Hoe zij de sobere avondmaaltijd stond te bereiden en Cornelis haar zachtjes van achteren benaderde, haar als een paard neerzette zodat haar kinnebak zowat op het aanrecht klapte, haar corselet naar beneden scheurde, dat hij achteloos op haar enkels liet hangen, en haar nam. Alsof ze nog een jonge meid was en zo lenig als een Oost-Europese turnster. Ze had dit nog weleens zachtjes gemompeld: 'Hoho nou, Cor, ik ben geen Oost-Europese turnster, hoor.'

Ze had gemeend hem te horen mompelen, de ijzig strenge, sombere Cornelis op wie buitenshuis niets viel aan te merken: 'Nee, was het maar waar.'

Maar dat had hij later altijd ontkend.

Iedereen die maar bleef zeuren dat een vrouw alleen niks gedaan was, had zeker nooit zulke taferelen bij het aanrecht meegemaakt. Om nog maar te zwijgen van de woeste capriolen die ze dan 's avonds ook nog eens in bed moest verduren voordat ze eindelijk mocht gaan slapen. Ze had stilletjes gehoopt dat het ledikant het onder dit voze geweld zou begeven, maar dat was helaas nooit gebeurd, zelfs niet nadat Cornelis het hoofdeinde ervan af had gezaagd en daarvoor in de plaats een monsterlijke spiegel had aangebracht. Onbegrijpelijk, wat er in zijn hersens was omgegaan, want wie wilde zichzelf nu bij zulke potsierlijke activiteiten gadeslaan? Daar moest je toch echt wel een man voor zijn.

Ze was niet tegen vrijen. Maar het moest toch anders, gezellig op de sofa bijvoorbeeld, 's avonds bij versluierend kunstlicht, een glaasje vooraf, knuffels en kusjes van tevoren en met een hele stapel kussentjes eronder.

Ze had dit nog niet tegen Cornelis gezegd, één keertje maar, of hij bleek ook hiernaar wel oren te hebben. Dus was het sindsdien elke avond op de sofa prijs en niet in plaats van, maar erbij. Als hij de stapel kussentjes voor haar opbouwde, was hij zo gedreven als een priester met een gewijde taak aan het altaar. Niettemin was de sofa beter te verdragen geweest dan het bed met de grote spiegel erachter. In bed had ze veel te vaak stiekem moeten denken dat dit leuker zou kunnen zijn met een minder verbeten iemand dan Cornelis, bijvoorbeeld met de guitige Paul Newman of de vrolijke Rock Hudson, die toen nog niet dood was.

Zelfs als ze mocht kiezen tussen Paul Newman en een hondje, dan nam ze toch het hondje. Dan zouden bijvoorbeeld de buren ook niet meer knipogend hoeven vragen waarom ze weleens drie keer per dag naar het park ging, of ze soms toch op zoek was naar een nieuwe vent. Alsof je daar ook maar één vent zag lopen die op zoek was naar een vrouw.

Als ze haar Charlotte had, want zo zou ze haar hondje noemen, dan had ze het te druk om naar al dat geklets te luisteren. Charlotte zou lange, zijdeachtige haren hebben, die Betty drie keer per dag moest borstelen en als het had geregend, wat het zowat iedere dag deed, dan moest het hondenlijf in rulle handdoeken worden gewikkeld en droog gedept. Met een hond had je veel om handen, de tijd vloog voorbij.

Cornelis had niks op gehad met dieren en met kinderen nog minder, opvreters en handenbinders, volgens hem.

Als de viespeuk die rare dingen nou nog met een goed doel had gedaan, schoot haar voor de zoveelste keer te binnen, een stormachtige gedachte die haar telkens overmande en die ze maar niet kon uitbannen. Wanneer ze tegen wil en dank terugdacht aan de sekstaferelen die ze met Cornelis had moeten beleven, kwam deze gedachte als een tornado mee: Cornelis deed dit zomaar voor zijn eigen plezier en hij wilde absoluut niet dat er kinderen van kwamen. Hierover was de enige echt grote ruzie in hun huwelijk gegaan. Cornelis had met zijn vuist op tafel geslagen en gebruld: 'Kinderen? Nog niet over mijn lijk!' Betty was met haar spulletjes naar moes verhuisd, met het vaste plan daar voorgoed te blijven.

Na een maand had Cornelis bakzeil gehaald. Hij had haar gezegd dat zij haar spiraaltje mocht laten weghalen. Hij beloofde dat hij geen maatregelen meer zou nemen die een zwangerschap in de weg zouden staan. Betty was gelukkig geweest en vol vertrouwen. Maar het lukte niet. Na twee jaar overijverig proberen, dat had ze wel aan Cornelis kunnen overlaten, was er nog geen kindje van gekomen. Dokter Overeem verklaarde na tal van onderzoeken plechtig dat het niet aan Betty lag en dat haar man maar eens op het spreekuur moest komen. Toen pas vertelde Cornelis haar vol triomf hoe hij zich in Kopenhagen had laten steriliseren, in de maand dat zij bij moesje zat. Uitgerekend in de stad van de Kleine Zeemeermin, dat toonbeeld van opofferende liefde.

'Hoe kon je dat doen?' had ze wanhopig geroepen.

Korzelig had hij Betty toegevoegd dat ze tevreden moest zijn met wat ze had.

Misschien spookte hij, na zijn dood, nog af en toe boos rond omdat hij nu machteloos moest aanzien hoeveel zij intussen wel niet had! Na zijn verscheiden kon zij vrij beschikken over al het geld dat hij stiekem had opgepot. Het overdonderende bedrag dat op de haar onbekende bankrekening was aangetroffen, durfde ze nog steeds niet hardop te noemen. De jeugdige kandidaat-notaris die het haar zwierig als een voordrachtskunstenaar had voorgelezen, liet zich meteen enthousiast ontvallen dat de wereld machtig veel in petto heeft voor iemand die zo'n som gelds in de schoot krijgt geworpen.

'Gaat dat ook op voor een weduwe van negenenveertig?' had Betty beducht gevraagd.

'Hebben die dan nergens meer zin in?' riep de jongeling uit.

'In moorkoppen en in mooie kleren misschien,' moest Betty toegeven.

Daaraan was ze zich best te buiten gegaan, naderhand, aan luxueus eten en aan extravagante kledij. Ook gebeurde het dat ze driemaal daags in het park wandelde, maar dat was dan om haar gewaden te luchten. Anders hingen ze maar voor konijn in de kast.

Op eenzame zondagen trakteerde ze zich weleens op een champagneontbijt en terwijl ze daar met kleine slokjes van zat te genieten, draaide ze, halverwege de fles, de foto van Cornelis met het gezicht naar de muur.

Ondertussen sliep Betty alle drie jaar die Cornelis nu dood was, prinsheerlijk in haar eentje in de vroeger nooit gebruikte grote kamer beneden, die grensde aan de tuin. Ze had er een Hollywood-waterbed en een televisietoestel met het breedste beeld dat bestond, laten neerzetten. Ze installeerde zich er altijd al vroeg in de avond, in haar peignoir. Haar eerste peignoir was gemaakt van abrikooskleurige lamawol en gesigneerd door een modekoning. De creatie had evenveel gekost als drie maanden huishoudgeld vroeger. Niet zo lang geleden had ze er gewoon nog een peignoir bij genomen, van turquoisekleurig gazellehaar, voor als de abrikoos moest worden gewassen, wat ze natuurlijk met de hand deed, waarna ze het kledingstuk voorzichtig gerold in een badhanddoek liet drogen. Het was een feit dat je met al deze bezigheden de tijd toch niet helemaal op kreeg. Dat was eigenlijk haar enige probleem, sinds ze weduwe was. De tijd hoopte zich soms dusdanig op dat het wel leek of je een in wanorde geraakte kluwen wol in handen had gekregen, die je netjes moest oprollen. Iedere keer als je meende dat je het voor elkaar had, dat de kluwen weer netjes was opgerold, bleek je nog handen vol frommel en pluis over te hebben. Evenzo verging het Betty met het verschijnsel tijd: dacht ze er al lekker doorheen te zijn geschoten, zette ze de tv aan voor het nieuwsjournaal van acht uur en dan bleek het pas klokke vier in de middag te zijn.

Het kwam om de haverklap voor dat ze een heleboel extra uren moest zien weg te werken, vooral in de winter. Dan was ze door het laat te voorschijn komende licht en de vroeg invallende duisternis totaal haar tijdsbesef kwijt. Het gebeurde dat ze omhoogschoot in bed en niet zeker wist of ze wakker werd om even op te staan en haar nachtplas te doen of dat het alweer tijd was voor het eerste ontbijt. Zelfs de mooiste peignoir kon haar niet over zulke sombere momenten heen tillen. Dan zat ze daar maar, overeind, met de handen in de schoot, dapper te proberen aan iets vrolijks te denken, maar in plaats van iets vrolijks kwamen de angsten.

Wanneer het seizoen van gevulde speculaas en marsepeinen varkentjes was aangebroken, liep ze elke week wel even binnen bij dokter Overeem. Het hoge woord kwam er toch moeilijk uit, want wat moest ze tegen hem zeggen? Dokter, ik ben zo bang, want ik krijg de tijd niet om?

Hij zou haar aankijken alsof ze gek was. Een beetje deed hij dat toch al, maar hij bleef vriendelijk, al drong hij er wel steeds meer op aan dat ze maar eens een contactadvertentie plaatste.

'Toe maar, hoor, je kunt ook naast een kaars Maria wees gegroet gaan zitten bidden totdat al je wensjes vervuld zijn, niets op tegen trouwens, maar ondertussen zou ik daarnaast zeker een advertentie lanceren,' aldus dokter Overeem. 'Nooit weg en altijd goed, niet geschoten altijd mis. Mijn beste vrienden heb ik zo leren kennen. Sterker nog! Ik zal je een geheimpje verklappen, ik ben zelf het product van een huwelijksadvertentie!'

Stralend keek hij Betty aan en hij schudde zijn hazelnootkleurige krullen. 'Op medisch advies dus, vooruit met de geit!'

Waarom schreef de arts niet simpelweg voor dat ze een hond moest nemen? Wat was er beter dan een hondje tegen de eenzaamheid? Ze wilde toch helemaal geen man. Hij wel, ze had hem met een man pink in pink in het park zien lopen. Dat moest hij zelf weten, maar daarom hoefde hij er haar nog geen aan te smeren.

Op een late novembermiddag, die zwart van de regen zag, toen zij bij hem zat te zuchten en het hoge woord er maar weer niet uit wilde komen, liep de dokter ineens weg van achter zijn bureau en hij trok Betty mee naar de deur van zijn wachtkamer, die hij wijd openstootte: 'Kijkt u eens even, mevrouwtje,' brieste hij, 'kijkt u eens even naar al die échte zieken die ik hier heb zitten.'

Betty schaamde zich zo dat zij hem beloofde dat ze de sprong ging wagen. Ze zou nog deze week op een contactadvertentie reflecteren.

De kennismakingsadvertenties in het hoogwaardige avondblad dat Betty de volgende zaterdagmiddag vastberaden had aangeschaft, openden een wereld. Ze wist niet precies welke wereld. Het was niet de duffe wereld waarin Cornelis en zij hadden geleefd, maar ook niet de wufte wereld van moesje en oom Boebie, waarin men languissant deed wat er in de knettergekke kop opkwam, zoals oom Boebie dat had genoemd.

Als knettergek zouden de adverteerders in de serieuze avondkrant zich niet gauw aanprijzen, zij boden niveau, stijl en cultuur en dat zochten zij ook. Nee, zij zochten niet zozeer, zij eisten. Hetgeen zij zich konden veroorloven op grond van eigen voortreffelijkheid.

In deze polonaise geen radeloze eenzamen die met hun geschuddebuik en getrekkebek om aandacht bedelden, in deze polonaise schreden professoren en prinsessen. Zij hielden het hoofd hoog en lichtelijk afgewend van het publiek; men moest wel van zeer goeden huize komen wilde men een poging tot toenadering wagen. Betty liet zich bijna afbluffen.

Dit was te hoog gegrepen. Hier waagde zij zich niet tussen. Hoe zou zij zich durven meten met een 'onafhankelijke, creatieve, best mooie vrouw aan de Vecht' die meedeelde: 'Wil alleen buitengewoon goeie vent, hoogvlieger, academicus, die van lachen houdt.' Cornelis, bedacht Betty sip, was wel een hoogvlieger en een academicus geweest, maar van lachen hield hij niet, om maar eens iets te noemen. Cornelis hield maar van één ding. Daaraan werd in al deze advertenties geheel voorbijgegaan. Schitterende maar seksloze personages dongen hier niet eens naar elkaars hand, zij vertoonden zich slechts in eigen pracht aan elkander. Dit was de Parade der Uitverkorenen op zaterdagavond. Betty gaapte de een na de ander aan: uit iedere annonce klom een superieur wezen naar boven, dat zich van top tot teen liet bewonderen om vervolgens zijn onbarmhartige eisen te stellen aan de beduusde toeschouwer, die het in zijn hoofd zou willen halen om een blijk van belangstelling te tonen. Dat ging zomaar niet! Eerst goede papieren laten zien en een verdomd goede fles wijn, alstublieft. Alle wezens lieten weten dat zij natuurlijk niet uit eigenbelang, laat staan uit nood, waren aangetreden op deze contactmarkt. Zij vertoefden hier uitsluitend en alleen om een ander ook eens wat te gunnen. Men mocht hun aanwezigheid beschouwen als een vorm van liefdadigheid.

Betty vond dat haar speurtocht in de krant wel wat leek op een wandeling over een begraafplaats, waar zij soms hoofdschuddend en 'Sjonge sjonge sjonge' murmelend langs indrukwekkende tomben schreed: wat eeuwig zonde dat ook zulke voortreffelijke personen hun ordinair menselijk lot van sterfelijk te zijn niet hadden kunnen ontlopen.

In de krant was er, net als op het kerkhof, een afdeling voor gewone stervelingen. Betty was in de buurt gekomen van de kleinere, goedkopere grafjes. Misschien lag daar wel wat leuks bij.

Eén hartenkreet, brutaal vet gedrukt in deze rijen ootmoedig zoekenden, beviel haar; ziehier een tekst die blijk gaf van een democratische gezindheid, een warm hart en een grootmoedige levensstijl.

'Ondeugend, aantrekkelijk kindvrouwtje dat al jaren te kort komt, zoekt kennismaking met geb. ongeb. man, leeft. maatsch. pos. huidskl. ONBELANGRIJK.'

Betty vroeg zich af wat dit ruimhartige vrouwtje te kort kwam. Ze was ondeugend en aantrekkelijk, daaraan kon het niet liggen.

Waarschijnlijk was ze niet in de gelegenheid om contacten te leggen. Een nachtzustertje. Of, of, Betty voelde haar wangen rood worden van opwinding, een bajesklantje, een tuchthuisboevin. Betty's vingers klauwden opgewonden in het tafelkleed, in haar fantasie klom een lenige meid naar binnen, met een zwartfluwelen baret op en een ooglap voor. De tijgerin stond met een soepele zweefsprong midden in de kamer, haar ene goede oog schitterde, ze streek met het puntje van haar tong over haar dikke glanzende lippen. En toen ze de oude Friese staande klok zag en de nieuwe superboxen van Bose, trok ze bliksemsnel uit haar lederen lieslaars een FN 9mm en siste, tussen haar tandpastareclametanden door: 'Stick 'em up, sister.'

Dromerig hief Betty haar handen in de lucht. Wat had ze aan haar klok en haar boxen? Ze zou veel liever in zo'n nauwsluitend leren pak als van die mooie inbreekster over andermans tuinmuren springen, langs andermans regenpijpen naar boven klimmen...

Was het daar in haar leven niet te laat voor? Ja, dat wel, maar zo'n leren pak kon ze nog best gaan kopen, er was in de stad een winkel die ze had tot in maat 52.

Door een waas van tranen keek Betty naar de eettafel waarop het saaie, vroeger dagelijks gestofzuigerde Perzische kleed lag. Ze moest maar weer eens een stukje verder lezen.

'Blonde boeiende Burberry's vrouw, 57!'

Alsof het een geheimzinnige lekkernij of een godsgeschenk was, zevenenvijftig. Maar dat was het toch ook? Zevenenvijftig! Was Betty het maar alvast, dan hoefde ze misschien niet zoveel meer.

'Blonde boeiende Burberry's vrouw, 57! Het belangrijkste is de liefde! Ik zoek een goede relatie. M/V en in welke vorm is van later belang. Delen in vreugd en verdriet, dat is mijn innige wens. Voor mij betekent beschaving meer dan status en geld. Golf mag, moet niet.'

De Burberry's vrouw wilde een goede relatie en het interesseerde haar geen zier met wie ze die had. Man of vrouw, rijk of arm, blank of bruin. Zo hoorde het maar net, vond Betty en daarom schreef ze in een kort maar eerlijk briefje aan de Burberryvrouw dat ze een weduwe was die voorlopig alleen maar verdriet en geld had te delen.

Ze kreeg niet lang de tijd om zich af te vragen of ze hier wel verstandig aan had gedaan, want drie dagen later al lag er een envelop in het net onder de brievenbus. Een kloek formaat, een ouderwetse kwaliteit papier. De envelop had een satijnachtige, grijsblauwe voering, het briefpapier was dik en ivoorkleurig en er stond tot Betty's verbazing onleesbaar machineschrift op, dat onorthodox was gegroepeerd. Het schrift was alleen nog aan de randen als zodanig herkenbaar, in het midden slingerden zich grote stukken wit als een besneeuwde bergketen door de tekst. Niemand kon hier wijs uit worden.

Gelukkig stond er onder aan de brief in een zwierig handschrift geschreven:

'P.S. U woont evenals ik in de omgeving van 't Haagje. Daarom dinsdag a.s. tussen 12 en 13 uur op Centraal Station Den Haag bij Giancarlo?

Ik draag als extra nog een kleine corsage, die kleurt bij het weer. Ontmoeting? Zo ja see you then, Tilly.'

Betty haalde er voor alle zekerheid haar leesbril bij.

Het handschrift was slordig maar duidelijker dan het machineschrift, dat eigenlijk alleen een decoratief doel diende en niet geschikt leek om mededelingen over te brengen. Betty moest er lang naar turen om ten slotte te ontdekken dat de bergketen het profiel vormde van een indiaan met vederbos. Het was nooit de bedoeling geweest dat deze brief al dan niet ter zake dienende feiten bevatte. Deze brief bevatte een tekening die met de schrijfmachine was gemaakt, meer niet. Chic, dacht Betty. Op dat moment zag ze, links boven aan het dikke, discreet geparfumeerde briefpapier in piepkleine, bijna doorschijnende grijsblauwe kleine letters staan: 'm. barle wassink'. Iets lager, rechts, vlak boven de grootste veer van de indiaan, stond in dezelfde nevelige letters: 'wassenaar'.

In het telefoonboek vond Betty een dr. M. Barle Wassink, die woonde aan een laan in Wassenaar die ze kende van haar zeldzame fietstochtjes vroeger met Cornelis langs de kastelenroute.

Daaronder stond op hetzelfde adres een mr. Y. Barle Wassink-Barle Wassink.

Mathilde, die samen met haar moeder Ymke of Yvonne in zo'n grote villa woonde, tussen eeuwenoude bomen?

Toen ze de tekening zorgvuldig had opgevouwen en in de envelop wilde terugschuiven, zag ze dat er nog iets in zat, verdikkeme, een vergeten bankpasje?

Nee, het was een foto.

Een hoekige, raadselachtige schoonheid van het witte doek van lang geleden keek met haar ene oog Betty peilend aan. Het golvende haar bedekte haar andere oog. Ze droeg een regenjas met opstaande kraag en een nonchalant omgeslagen sjaal met waarschijnlijk de Burberry-ruit?

Betty voelde hoe van de opwinding het bloed haar ineens naar de wangen schoot. Ze trappelde energiek met haar voeten en trommelde met haar handen op tafel. Zij herkende dit plaatje, ze zou het uit miljoenen andere plaatjes hebben herkend. Ze had het zelf.

Hoogstwaarschijnlijk. Ze moest even zoeken op zolder.

Wie zou ze op zolder niet allemaal terugvinden?

Hedy en Dorothy. Myrna en Merle en Maureen. Claudette en Ava, Cyd en Joan. Joan, Joan en Joan. Deanne en Loretta! Vivien en June en, hemeltjelief, Susan I'll cry tomorrow. Alle dierbare heldinnen van het witte doek.

Betty drukte het stukje karton tegen haar boezem alsof ze iets kostbaars koesterde en dat was ook zo, ze drukte een stuk van haar meisjesjaren aan het hart. Deze prentjes hadden bij sigaretten gezeten van een bepaald merk, ze was vergeten welk. Maar lieve moesje had zich er zowat een ongeluk aan gerookt, omdat Betty plaatjes verzamelde van Veronica Lake.

Wat een toeval. Of was het een vingerwijzing van het lot?

Want zij was het, Veronica Lake. Op een oud sigarettenplaatje. De onvergetelijke filmster Veronica Lake.

Was de ontmoeting in Amsterdam of Rotterdam geweest, dan had Betty misschien haar nieuwe Yamamoto aangetrokken, om dat ding eens uit te proberen. Maar Den Haag? En dan nog een dame uit Wassenaar? De Yves Saint Laurent van verleden jaar paste beter bij deze gelegenheid. Misschien was dit pakje niet eens decent genoeg, want tot Betty's verlegen verbazing kreeg ze een bewonderend fluitconcert van de taxichauffeurs bij het station. En ook in het Italiaans restaurant viel haar veel aandacht ten deel, iedereen had daar, zo leek het, een oogje op haar!

Behalve die ene, naar wie nu juist Betty's oog bij voortduring werd getrokken. Haar schoonheid en jeugd waren sinds lang vervlogen. Maar daar zat zij niet mee. Er ging een rustgevende, superieure melancholie van haar uit. De onverstoorbare vrouw zette zich aan haar tweede fles wijn, die ze korzelig bij de ober als volgt had besteld: 'Geef me nog maar zo'n fles van dat dure bocht van jullie, dat bij de kruidenier nog geen vijf gulden kost.' Hoe durfde ze? De ober leek op Peter Lorre, dat kon nog gevaarlijk worden. Betty genoot. Mathilde Barle Wassink liet zich tenminste niet in de maling nemen en sprak fier hardop uit wat ze dacht. Ze zag er wel een beetje rommelig uit, als een natte krant, maar wat gaf dat, dat hebben deftige mensen wel meer. Haar gelijkenis met Veronica Lake was trouwens treffend, als je ervan uitging dat Veronica Lake er ook niet jonger op zou zijn geworden. Dik, sluik, grijs haar hing er precies zoals het behoorde als een overgordijn bij en slechts af en toe staken neus of kin eruit. Enig, dacht Betty. Die geniet nou eens oprecht van het feit dat ze zevenenvijftig is en voor niemand meer mooi hoeft te zijn.

Onbekommerd ging de vrouw voort met pimpelen en schransen. Naarmate ze meer innam, werd ze roekelozer en liet af en toe flinke boeren, maar natuurlijk wel achter haar hand. Zij nam ook van tijd tot tijd met ver achterover geworpen hoofd ongeneerd veel druppeltjes tot zich uit een bruin flesje, dat zij had opgediept uit een Big Shopper op wielen, die tegen de tafel leunde.

En toen ineens zag Betty dat dr. Barle Wassink daar

onder tafel ook nog een klein viervoetig evenbeeld van zichzelf bij zich had. Een hondje dat een plaatje zou zijn als die vale haartjes maar eens fatsoenlijk werden gewassen. En dan geborsteld. Het was een slordig hondje en het heette vast niet Charlotte, maar het had alles in zich om een dotje te zijn. Betty zat te popelen om het lekker in bad te doen. Kijk toch eens aan, de kleine schat knaagde verdrietig op een kloeke pump die haar bazin had uitgeschopt. De bazin zat met een kousenvoet haar scheenbeen te schurken en had intussen haar rok losgeritst.

Wat zíj niet merkte, maar wat Betty al wel had gezien, was dat zich uit de rokopening een flap had gedrongen van een konijnenharen onderhemd, zo'n hemd voor koukleumen en reumatische mensen, prachtig wolwit koop je ze en na een paar wasbeurten zijn ze vergeeld. Maar door die flap kon straks die ritssluiting dus niet meer dicht en misschien had Mathilde het dan nog niet in de gaten en dan stapte ze zo meteen met afglijdende rok door het restaurant vol mensen. Hulp was geboden. Betty aarzelde niet meer. Wat kon het schelen dat iemand als Cornelis geen cent voor dit duo zou hebben gegeven, wat kon het schelen dat de buurt misschien een beetje zou moeten gniffelen om Betty's nieuwe gezellinnen? Gezellinnen, ja, zover durfde zij voor zichzelf al te gaan. Zij noemde in haar gedachten die twee al Charlotte en Veertje en ze hield al een beetje van allebei.

Zij stapte op het tafeltje af en zei haar tekst: Ik ben een weduwe die verdriet en geld heeft te delen. Maar het verdriet werd steeds minder, sprak ze er geruststellend achteraan en het geld, als ze de meneer van de bank mocht geloven, steeds meer. Als teken van herkenning legde Betty de foto van Veronica Lake op tafel.

Uit het grijze gordijn klonken verraste geluiden. 'Heeft u die plaatjes allemaal ook bewaard? Ze zaten bij de Miss Blanche, was het niet? Maar die perenkop van Veronica Lake, nee hoor, die moest ik niet, die ruilde ik altijd voor Betty Grable.'

De kleine ragebol scharrelde hoopvol onder de tafel vandaan.

Een paar tafeltjes verder sloeg een elegante verschijning, die alleen aan een tafeltje zat met een kopje koffie, zuchtend het vuistdikke boek dicht dat zij had zitten lezen. Bij oppervlakkige beschouwing deed zij eventjes denken aan een filmster van lang geleden, met haar halflange asblonde haar, haar mooie, hoge jukbeenderen. Zij wierp een peinzende blik op de klok. Het was bij halftwee. De geruite sjaal die ze vervolgens met een berustend gebaar schikte, bedekte half een muisgrijze kleine corsage op de linkerrevers van haar regenjas. De vrouw haalde de schouders op, trok haar mondhoeken neer en vertrok.

Uit de echtelijke slaapkamer van weleer, die Betty drie jaar lang had gemeden, werd het oude bed met de spiegel naar de kamers en suite beneden verhuisd. Veertje, die eigenlijk Greta heette, had nog aangeboden de gehate spiegel aan barrels te slaan met de uitdeukhamer die ze in haar Big Shopper bij zich had voor als ze op straat werd lastig gevallen. In die tas had trouwens haar hele hebben en houden gezeten, ze was die dag dat ze op het station zat zojuist van haar lamlul van een lauwtoffe vreemd gaande echtgenoot weggelopen. Ook toevallig dat Betty daar net zat!

'Het is voorzienigheid,' mijmerde Betty tevreden, 'soms komt ineens alles op zijn pootjes terecht.'

Maar de spiegel in barrels slaan was niet nodig geweest.

Het bed ging dienst doen in de voorkamer, die Betty en Greta met kamerpalmen en laurierboompjes in potten gezellig hadden gemaakt. Dienst doen als kraambed! Met spiegel en al. Moedergeluk mocht van alle kanten worden gezien, door iedereen die het maar wilde.

Charlotje, die eigenlijk Blondie heette, kwam met haar dikke buik weleens uitrusten in de tuinkamer, waar het Hollywood-waterbed stond, waarin Betty en Greta lagen.

Toen het ging sneeuwen, deden ze de televisie uit en keken urenlang naar de met sneeuw bedekte coniferen in de tuin.

Maar ze luierden niet de hele lieve lange dag, integendeel, ze hadden het druk genoeg met het verzinnen van namen. De dierenarts, die de vriend was van dokter Overeem, had gezegd dat ze wel op veertien kersthondjes mochten rekenen.

Er kwamen er twaalf en ze heetten: Paulette en Charley, Humphrey en Lauren, Ingrid en Roberto, Orson en Rita, Ava en Frank, Laurence en Vivien.

Een Haagse jongen

'De Silvercloud stopt bij Eline Vere. Dan volgt een korte tocht te voet naar het theater, zodat het straatvolk kan wuiven en juichen. Maar veel oploop zal er niet zijn, in Den Haag. Eenmaal binnen rolt het zaakje verder volgens het welbekende programma: toespraakje, dankwoord, hapje, drank en dan de première van Diva's film. Maar Monty, jíj houdt je binnen afzijdig. Daar zijn de gulle en niet onbemiddelde dierenvrienden die uitnodigingen op geschept papier hebben gekregen. Verder is er misschien wat haute volée voor het goede doel gestrikt en heel misschien verschijnt zelfs een beetje royalty. Hou dus vooral je bek, klem op de kaak, ook al voel je je nog zo geprovoceerd door deze of gene. Je gaat vooral geen handen schudden, schouderkloppen zijn er niet bij en stompen in de maag al helemaal niet, ook al zouden ze erom vragen, volgens jou. Iedereen staat zoals gebruikelijk te kwispelstaarten en te draaikonten en jij kwispelstaart mee. Wij willen niet wéér in de krant lezen dat je onze staatssecretaris van Cultuur een fractuur hebt bezorgd. Jij herinnert je niks? Onthou dan slechts dit: nergens aankomen. Een brede smile, een knikje met het hoofd en voor de rest koest. Niemand zal jou trouwens herkennen, want ze staan allemaal in de rij om Diva een handje te geven.'

Monty Nagtegaal, de ooit als een komeet omhooggeschoten filmheld, had braaf naar zijn publiciteitsmanager geluisterd en het hele verhaal goed in zich opgenomen. Het bevatte zijns inziens weinig nieuws. Dit had hij toch zelf wel kunnen bedenken? Interessant was voor hem alleen de naam Eline Vere, die hem vaag bekend voorkwam. Wie was dat toch ook weer? Hopelijk geen feministe of een andere pot want dan kwam er weer bonje rond zijn persoon en daar had hij langzamerhand schoon genoeg van. De hele mensheid, vrouwelijk of mannelijk, moest eens leren hem op zijn karakter te beoordelen, niet op zijn uiterlijk.

Monty had een somber en woest gezicht, als een kozakkenhoofdman, met doorgroeiende borstelwenkbrauwen boven Mongoolse ogen, een platte, vele malen gebroken neus en een koolzwarte walrussnor.

Hij was echter, wat de kranten ook mochten beweren, níét het Nederlandse antwoord op de oude Sylvester Stallone. Hij was geen macho en geen he-man, maar een gewone jongen, geboren en getogen in de wijk Morgenstond. Hij was, zoals de meeste gewone Haagse jongens, goedhartig, rechtvaardig en leergierig. Hij had een hart van goud. Kon hij het helpen dat hij handig was met de ploertendoder en de katapult en dat hij wel van een geintje op de motorfiets hield en dat hij, last but not least, paarden kon laten rekenen en honden kon laten spreken?

Hij was dik, sterk en harig en alle schurkenrollen die

hij speelde, waren uitsluitend op zijn lijf geschreven en niet op zijn inborst.

Vaak had hij gebedeld om een beetje tekst, bij voorkeur vredelievende en intelligente tekst. Desnoods poëzie. Wat hij kreeg was urrrgh, wow! en aanvallûh.

'Meer is helemaal niet nodig,' zeiden ze dan. 'Kijkers willen niet horen, kijkers willen zien. Het woord zegt het al: kijkers!'

Omdat hij dan maar weer goedig deed wat zijn regisseurs vonden dat voor ieders bestwil was, had Monty zich de reputatie van 'killer' op de hals gehaald. Het was nog niet eens dat hij walgde van de films waarin hij speelde, nee, hij leed eronder dat het publiek hem niet begreep.

Op aanraden van een lieve, moederlijke actrice had hij een poosje geleden deze deftige publiciteitsagent genomen, Henry, zeg jij maar Harry, Pels van Haaften, die onder zijn cliënten het puikje van de Nederlandse artiestenwereld telde, tot violisten toe.

Het was de bedoeling dat Harry het foute beeld van Monty hielp bestrijden, niet dat hij het bevestigde. Terwijl Monty met gespitste oren naar de aanwijzingen luisterde, betwijfelde hij voor de zoveelste keer of Harry wel de juiste man voor hem was. Monty wilde niet op pad worden gestuurd als lijfwacht van een oude doos. Hij zat al jaren te wachten op een interview waarin ze vroegen welke boeken hij las. Hij voelde aan alle kanten nattigheid.

'Waar zit de nattigheid, Harry?'

'Dat heb je goed geraden, jongeman,' antwoordde

Harry bedachtzaam, 'want de kwestie is dat Diva het vertikt om een voet te verzetten zonder haar zes verscheurende dobermanns.'

'Verrek! Die met de zes dobermanns? Maar dat is een goed wijf. Die komt wereldwijd op voor de dieren. Die heeft een landgoed vol gammele olifanten, doe het haar eens na.'

'Deze vrouw heeft het gezicht van de twintigste eeuw mede helpen bepalen,' verklaarde Harry plechtig, 'zoals Churchill en Mick en Madonna en Diana.'

'Niks mee te maken, als enige van die hele zwik gaat zij voor de dieren,' zei Monty gedreven, maar Harry nam zijn pols in beide handen en zei: 'Kalm, jongen, kalm. Dieren! Daar hebben wij mee te maken, inderdaad. Ook op deze tournee voert ze haar dobermanns mee, ja, maar er zelf op letten, ho maar! Die monsters hebben in Engeland de Queen Mum in de broek gebeten en weet ik veel wat het fijne stelletje nog meer heeft geflikt. Diva wenst er thans een dierentemmer bij, die de aterlingen onder controle kan houden, zodat zij haar handen vrij heeft die van de burgemeester te schudden.'

'Okay, dat doet ik voor haar.'

'Jij bent geknipt voor het karwei. En je mag best weer eens een keertje een goede beurt maken. Monty, waarom moest ik nou weer in *De Telegraaf* lezen dat je aan het rellen was in Amsterdam? Met onschuldige filmbezoekers die in de rij stonden voor *101 Dalmatiners*? Dit klusje is de kans om je te rehabiliteren.'

'Ik zei toch al dat ik het deed. Hoe lang gaat het duren?'

'Een middagje maar. In je mooie geboortedorp. Eén middagje hondenoppasser zijn.'

'Ik doet het voor haar,' herhaalde Monty en hij wreef zich in zijn handen, alsof hij zich erop verheugde. 'Dobermannen zijn zenuwpezen, hoor, zeker weten. Maar daar gaat ik wat aan doen.'

'Wat jij gaat doen, staat allemaal in dit scenario dat ik netjes voor je heb laten uitprinten.' Harry overhandigde Monty een stapeltje papier, dat deze zonder er een blik op te werpen in zijn zak stak.

'Dat gaat ik vanavond lezen,' beloofde hij. 'En dat leert ik uit mijn hoofd.'

Hij nam zich voor het door te bladeren en de eventuele belangrijke punten op zijn brede pols te schrijven, zoals hij vroeger deed, met spieken op school.

'Nog vragen?' informeerde Harry. Monty schudde zijn hoofd.

Toen Harry al was weggereden, schoot hem te binnen dat hij toch nog graag even had willen weten wie die Eline Vere dan wel helemaal was.

Van de zes aangekondigde dobermanns had weer eens niets geklopt, er was er maar één, een scharminkel. Het bazinnetje, de wereldberoemde seksgodin, was even lang op deze wereld als Monty's moeder. Zo op het eerste gezicht was ze ook even sikkeneurig. Ja, dat was geinig, die twee leken wel wat op elkaar, zij en ma, met hun pruillip, hun bolle hangwangen en hun grote, treurige ogen. En Diva kon voor hem absoluut niet meer stuk toen hij zag dat ze meteen aan het begin van de rit haar schoenen uitschopte en haar gezwollen blote voeten tegen elkaar aan begon te wrijven, alsof dat het enige was waarnaar ze nog verlangde. Hij herkende het maar al te goed. Ma had het ook altijd te kwaad als oom Fred zeurde dat ze nodig weer eens op haar paalhakken moest. Ma zou nog liever haar tong afbijten dan het te laten merken, maar Monty wist dat het een kwelling voor haar was. Hij had de pijn en het misnoegen van de ster nu ook best in de gaten. Het liefst had hij haar mollige pootjes in zijn handen genomen en ze liefdevol gemasseerd, maar zo intiem was hij nog niet met haar. Hij moest zich trouwens met haar beestje bemoeien en dat viel hem eerlijk gezegd nogal tegen. Het was een hond van niks die ze bij zich had, geen eens een dobermann maar een dobervrouwtje. Een zenuwlijdster was het wel. Ze zat piepend in de rats, de kleine schijtebroek, en toonde voortdurend een vlijmscherp gebit, waarmee ze iedere vinger of bil zou afhappen die per ongeluk in haar buurt kwam.

Om het beestje te laten weten wie hier wie was en hoe het zich dus verder diende te gedragen, sprak Monty het toe in de taal der dieren. In plaats van dat verslaggevers hem voortdurend vroegen of hij in het echt weleens een mens had koud gemaakt, konden ze hem beter eens vragen hoeveel talen hij sprak. Nou, in elk geval dus vloeiend de taal der dieren.

Het dobervrouwtje reageerde aangenaam verrast; dat overkwam haar niet dagelijks dat iemand in den vreemde een aardig praatje met haar maakte in haar eigen taal.

Algauw klapte ze haar bek dicht en legde ze haar aandoenlijke hoofd op Monty's brede dijbeen. Monty op zijn beurt legde een hand op haar hoofd, waarmee hij haar prijzend streelde. 'Woefhéé,' zei hij warm.

Dat viel niet in goede aarde, maar daarin leek Diva ook weer precies op ma, die evenmin kon velen dat een ander eens even met de aandacht ging strijken.

De ster siste wat, greep de kinnebak van het hondje en draaide die naar zich toe, maar een verwijtende blik uit Monty's kozakkenoog bracht haar tot inkeer. Beschaamd sloeg ze de ogen neer en haar vermoeide wangen werden langzaam rood.

Monty vroeg zich een moment af of hij met zijn vrije hand nu over haar nek en rug zou wrijven, zoals hij altijd deed bij Ma, om haar weer in een milde stemming te krijgen.

Maar het was niet meer nodig, ze waren er al.

Onmiddellijk zat Diva strak. Gespannen keek ze naar buiten, alsof ze er alleen voor stond en met niemand haar zorgen kon delen.

'On est arrivé!' had Monty op zijn pols geschreven. Hij zei maar niets.

Geel en bruin najaarsblad waaide langs de voorruit toen de zilvergrijze limousine met zijn kostbare inhoud stopte langs de stoeprand.

Hier staat Eline Vere, herinnerde Monty zich en hij draaide het beslagen autoraam een paar centimeter naar beneden. Zijn mond viel open van verbazing. Er stond niet één Eline Vere, wie dat dan ook mocht zijn, er stond een massa. Honderden mensen waren er, misschien wel duizenden, die vooralsnog zwegen, in afwachting van de goede auto. Zo te zien drongen er geen razende wijven met scheermessen naar voren om hem te castreren. In dit deel van Den Haag waren ze daarvoor te welgemanierd en trouwens, iedereen was hier voor Diva. Ze namen hem en de hond wel op de koop toe.

Het publiek was hoogbejaard, het merendeel stond al met één been in het graf. Ach ja, zo oud moest men wel zijn om een eeuw geleden te hebben kunnen zitten genieten bij die films van haar, die toen 'pikant en ondeugend' heetten en die nu nog wel sporadisch in filmhuizen werden gedraaid, als kunst. Stevig ingepakt in duffel en in regenjas waren de ouden, en rijkelijk voorzien van paraplu en wandelstok. Er werd met ingetogen lust gereikhalsd. Men had een onberispelijke haag gevormd, die zich op de brede stoep naast een plantsoen uitstrekte tot aan het theater.

Een ijl en zangerig geluid steeg uit de oudjes op, begeleid door het geklapper van gebitten. Trillende vingers wapperden met lefdoekjes en een enkele lila herfstbloem verdwaalde door de lucht. Monty knikte tevreden, Diva trok nog veel publiek. Naast hem zochten haar voeten gehaast naar de uitgeschopte pumps. Monty bukte zich en schoof haar de ondingen vliegensvlug aan. Hij had hierin de nodige ervaring, galant hield hij zijn vinger in de hiel om haar het instappen te vergemakkelijken.

'Kom op, meid,' moedigde hij haar aan.

Het leek hem geen lolletje, zo oud en dan nog in dit vak. Zij kon er allang niet meer tegen, dat had hij wel door. Toch moest ze door de zure appel heen bijten, dat verdienden haar bewonderaars. Zij waren van heinde en ver gekomen om een glimp van haar op te vangen. Ze stonden stijf van de medicijnen om overeind te kunnen blijven. Moest je eens kijken. Hier stond wel honderdduizend jaar aanhankelijkheid heldhaftig bij elkaar. Alle aanleunwoningen en revalidatieoorden uit de regio waren leeg gelopen, of beter gezegd, leeg gerold, geschud en geschoven. Een bataljon bejaardenverplegers was aangetreden, pal achter zijn lieve last. Zoveel rolstoelen en prothesen als Monty in een oogopslag telde, hoopte je normaal in een heel leven niet bij elkaar te zien.

Maar Diva verroerde geen vin, ze maakte zelfs geen aanstalten om uit de slee te stappen.

Monty kreeg medelijden met die beroemde vrouw naast zich, maar vooral met die kranige lieden wie geen moeite te veel was geweest, die de najaarskoude hadden getrotseerd terwijl ze al op sterven na dood waren en zich uit hun knusse tehuizen hadden laten weglokken, onder het mom van liefdadigheid.

Jammer dat Diva niet wat toeschietelijker was tegen deze opoetjes en opa's. Het was toch gezellig dat die allemaal voor haar waren gekomen?

Maar goed, als zij er geen zin in had, dan zou hij er wel wat van bakken. En zonder ordinaire strijdkreten, zonder zich op de borst te rammen of anderszins de held uit te hangen steeg hij uit, op en top de gentleman. Hij schreed om de Rolls heen en opende het portier aan de zijde van de ster. Hij stak beleefd zijn vrije klauw naar haar uit. Er kon een glimlachje af toen ze zag dat hij op zijn andere arm haar hond al had en het beestje stevig tegen zich aan hield gedrukt.

Tot Monty's vreugde kwamen er bij hun verschijning heel wat hoeraatjes los. Hij kon niet verstaan wat er werd geroepen, maar aan de opgetogen toon te horen zat dat wel goed. Maar wat nou weer? Daar had de ster reeds aan haar stutten getrokken. Ze knalde langs de weg en ze lag al een metertje of twee op hem voor. Er was stront aan de knikker. Ze was vast des duivels dat ze nog zo'n eind op die kloteschoenen moest. Hij zou haar wel dragen, deed hij ook weleens met ma als het glad was of sneeuwde, hij haalde Diva nog wel in. Maar hij werd behoorlijk gedwarsboomd door haar bewonderaars, die in dikke drommen rond hem opdrongen. Waarschijnlijk waren ze blind of hadden ze hun goede brilletjes niet op.

Beschaafd joelend maar onverdroten sloot de massa Monty in.

Boven de naar mottenballen riekende hoedjes met voiles en veren en boven een bollenveld van kale knarsen uit, kon hij nog zien dat in de verte de vedette eenzaam voortstrompelde. Hij zag hoe een auto opdoemde, met een blonde patser erin, die haar tot stilstand dwong. In het publiek had de sportieve cabriolet achteloos een gat geboord en met de kap naar beneden baande hij zich stapvoets een weg door de broze gelederen. Rakelings reed de jeugdige bestuurder langs de voeten van de vrouw die het gezicht van de twintigste eeuw had helpen bepalen. Zij had maar te stoppen, als een snotmeid bij een verkeerslicht. Monty zag aan haar rug dat het huilen haar nader stond dan het lachen en dat ze baalde als een stekker.

Hij stortte zich naar voren om haar bij te staan.

Bij iedere stap die hij zette, of probeerde te zetten, ging een welluidend 'Hiep hoi' op. Ze hingen in trossen aan zijn armen en benen. Ook staken ze hem gretig blocnotejes toe met naalddunne zilveren vulpotloodjes erbij. Ze bedelden met hun mummelmonden om een handtekening.

Ze staken onbevreesd hun handen naar hem uit en ook naar de hond. Alsof ze nog niet voldoende kunstledematen hadden. Hij was voortdurend bezig al die grijpklauwtjes van zich af te slaan. Het zweet gutste in stralen van zijn voorhoofd. De zenuwen kreeg hij ervan, de hond ook. Goddank hield die zich ten slotte gedeisd en hing in zwijm in zijn armen.

'Allemaal in de looppas, voorwaarts van je een, twee, drie!' donderde Monty. Hij hoopte met dit commando de senioren in de goede richting te drijven, dan liet hij zich op hun stroom wel meevoeren naar zijn ster.

Maar juist toen de menigte in beweging kwam, voelde hij hoe het handvat van een wandelstok om zijn nek werd geslagen en hoe hij langzaam maar zeker achterwaarts getrokken werd.

Een belegen militair stemgeluid knetterde: 'Halt! Monty! Ouwe reus! Halt!'

Perplex liet Monty het geweld over zich komen.

De ouden balden zich samen en bedolven hem liefderijk. Het was alsof hij ten onder ging in een massagraf. Probeerde hij eruit te ontsnappen, dan grepen begerige knekels hem onmiddellijk beet en verstrengelden hem in een omhelzing. Ze deinden om hem heen in een macabere dans en uit hun perkamenten kelen klonk ontroerd: 'Lobbes! Lobbes! Onze Lobbes!'

Daar doorheen baste de militaire bombardon dat 'Montgomery Nightingale een pisang was waaraan jong en steuntrekkend Nederland weleens een voorbeeld mocht nemen'. Er klaterden applausjes op. De veloursen roep om Lobbes overstemde alles.

Met een schok kwam Monty tot inzicht: Lobbes was de bijnaam van de goedhartige ploert die hij al een hele tijd geleden had gespeeld in een korte kinderserie voor tv. Afgelopen zomer was de serie voor de derde? de vierde? keer op het scherm herhaald.

Zo zat dat dus. Ze waren hier voor hem! Omwille van zijn persoontje hadden ze de gure wind getrotseerd.

Diva was in hun ogen een willekeurige ouwe taart. En dat had zij, ouwe rot in het vak, natuurlijk ogenblikkelijk doorgehad. Daarom was zij als de gesmeerde bliksem verdwenen en had hem aan zijn bewonderaars gelaten. Geef haar eens ongelijk.

Monty kreeg het koud toen hij besefte hoe trouweloos het was, het publiek. 'Publiek!' bromde hij in zijn baard, 'ik veracht u! Ik veracht u van Tombouctou tot Alaska, van Sligo tot Sjanghai.'

Hij had wel op de straatstenen willen spuwen om zijn gevoelens kracht bij te zetten, maar er was op de stoep nergens plaats.

Een bedwelmend aroma van 4711 en Old Spice steeg op uit de mensenkluwen, hij voelde zich machteloos als een klit in een schapenvacht. Met enige moeite tilde hij de hond hoog op boven zijn hoofd, als een trofee, en scanderend begon hij de naam van Diva te schreeuwen. Hij zou ze een lesje in toewijding geven.

Het was boter aan de galg. Braaf herhaalden ze de naam, maar uitsluitend omdat hij het zei, dat zag hij wel aan hun verdwaasde extatische gelaten. Voor hetzelfde geld had hij 'Halleluja' of 'Adolf Hitler' kunnen roepen. De mensenmassa heeft geen ziel, zij is een monster zonder taal, moraal of geweten, ze kroont in een vloek en een zucht schurken en onnozelen tot koning en brengt met hetzelfde gemak haar eigen idolen om zeep. 'Publiek!' riep Monty toornig, 'jullie weten van God noch zure peren.' Alles wat hij zei en deed, werd met applaus, instemmend gehinnik en opgewonden voetgetrappel aanvaard.

Monty was het zat en om zich heen maaiend probeerde hij zich van zijn fans te bevrijden.

Men gaf geen krimp. De oude tangen en taaien namen hijgend ook deze handschoen op. Met lustig meehuppelende prothesen en over het plaveisel schrapende krukken en stokken zetten zij zich als de wiedeweerga in beweging. De wind blies de zorgvuldig gekamde kapsels los en nam hier en daar wat hoedjes en toupetten mee, maar de bewonderaars lieten zich door niets weerhouden. Het dolle tempo verfde een koortsige blos op hun pastelkleurige wangen, hun verbleekte ogen fonkelden en er werd onderling heftig strijd gevoerd om zo dicht mogelijk in de buurt van Monty Nagtegaal te kunnen blijven. Hoe meer hij op de ziedende meute vooruitliep, hoe hechter ze zich aaneensmeedde. Keek hij over zijn schouder, dan zag hij hoe hij op de hielen werd gezeten door een ritmisch voortstompende tros omaatjes en oude paaien, gezamenlijk vergroeid in een mottig vel van persianer, dat schuilging onder meeswingend spinnenweb.

Van tijd tot tijd werd een stok, met een zilveren of elpenbenen handvat, om zijn enkel of hals geslagen en genadeloos werd hij binnengetrokken in de mensenklont. Zo groot was de vraatzucht dat hij na te zijn opgeschrokt terstond weer werd uitgepoept, via een cloaca van rimpelige vellen en brosse knoken. Om dan meteen weer door de volgende aanstormende baal te worden ingeslikt, waarna hij werd geperst en rondgewalst in een trommel vol muf en oud maar degelijk textiel. Aldus, met Monty in haar midden, stuiterde de drom voort naar de trappen van het theater. Daar spatte zij uiteen in geciviliseerde enkelingen, van wie sommige zelfs de uitnodiging op geschept papier uit tasjes en binnenzakken te voorschijn haalden.

Deze en gene zette de hoed recht en die schikte een sjaaltje, de ander een bontje. Men gleed parmantig glimlachend weg in het duister van de hal. De pret was voorbij, nu stond een middagje liefdadigheid op het beschaafde programma.

'De hoerenlopers,' brieste Monty in verwarring, terwijl hij gadesloeg hoe men onaangedaan langs een meer dan levensgrote, bordkartonnen afbeelding van Diva schuifelde. De neus in de lucht gestoken, babbelde men geanimeerd met elkaar. De oude filmster werd geen blik waardig gekeurd.

Hij stond met de langzaam weer tot leven komende hond onder zijn arm tegenover een knoestige portier.

'Hé die Nagtegaal,' zei deze, 'ben jij weer eens aan het stappen in Dehaag?'

Monty vroeg koeltjes: 'Heb jij Diva gezien?' Hij wiegde de hond.

'Goeie naam voor zo'n beest, joh, maar hij mag er niet in. Laat ik het niet merken. Dit is geen vlooientheater! De prins komt eraan!'

Monty draaide zich om en marcheerde de trappen af.

Hij stak de weg over waarlangs ze waren gekomen, hij ging naar het plantsoen, hij zette de hond voorzichtig op de grond. Ze ging gauw op haar hurken zitten om te plassen en ze keek hem daarbij dankbaar aan. Nu wilde ze nog een mooie drol produceren? 'Gaat schijten, meisie,' zei Monty en wees om zich heen. Vele waren haar voorgegaan. Ze zou niet de enige zijn die zich in dit plantsoen ontlastte, het scheen ervoor te zijn geschapen dat mens en dier er hun behoefte deden.

Het was er overigens wel zo rustig, in deze melancholieke, verloren hoek van de stad, waar de teringzooi door niets en niemand gehinderd kon groeien en voortwoekeren. Monty herkende hier het ware gezicht van zijn eigen Den Haag. Nergens anders bestonden zulke mooie, miskende en verwaarloosde plekken en nergens anders kregen smeertroep en afval zo langdurig de kans zich te ontplooien tot composities van onzegbare schoonheid. De schoonheid van het verval; het drab in de vijver was er vol van. Mysterieuze gedrochten verhieven hun donzige kop boven de modder, kleine padden aan de rand hapten naar opvliegend, lichtgevend schuim. Verderop, in het midden, beijverden donkere gevederde wezens zich een nest van glibberige serpentines te bouwen. Op de stenen oevers zaten onverschillige autochtonen te niksen naast hun hengels. Zij groetten de wandelaar niet, maar keken dwars door hem heen, met een onverstoorbare blik in hun ogen. Monty slenterde verder en knikte goedkeurend met zijn hoofd. Zo was het hier nu eenmaal en beter zou het nooit worden. Hoefde ook niet. Hij stak zijn handen in zijn zakken en floot af en toe naar de hond. Wat voelde hij zich eindelijk, voor het eerst vandaag, in zijn schik.

Zou hij om zijn geluk compleet te maken even een klein zwaar sjekkie roken op dit bankje, vlak bij een bronzen beeld? Hij ging zitten, rolde een sigaret, nam een flinke trek en strekte de benen. Hier zat hij opperbest. Hij keek goedkeurend naar het beeld, dat goudachtig glom in de namiddagzon die net te voorschijn kwam. Het was een beeld dat een of ander wijf moest voorstellen, een lekker, groot wijf. Het stond met haar giga reet naar hem toe. Wijven met zulke kolossale konten waren niet dik gezaaid, behalve onder Surinaamsen. Deze moest wel een Suri zijn, zeker te weten.

Aardig dat de regering of de gemeente deze aparte schoonheid had laten vereeuwigen en haar hier een perfect plaatsje had gegeven, tussen het Catshuis en het Vredespaleis.

De laatste vraag

Schuif eens even op, Siempie. Slaap je al? Hoe kan dat nou met dat helse kabaal? Hoor je die regen niet op het dak kletteren? Au! Weer een donderslag. Schuif nou op, ik knijp hem nog steeds als het dondert en bliksemt.

Maar ja, zo gaat dat als de zomer voorbij is. Mooi was-ie wel, deze zomer. Die hebben we tenminste gehad. Hé, je doet je ogen weer dicht, jij denkt dat je droomt. Ja, dat dacht ik eerst ook. Ik weet het trouwens nog steeds niet helemaal zeker. Misschien droom ik ook wel. Och, dan dromen we toch, Simone? Dan dromen we allebei.

Maar ik wil jou mijn droom vertellen, want jij kwam er bijna in voor. Aha, nu schrikt ze wakker. Goed, dan steek ik van wal met de laatste aflevering van ons feuilleton. Welk feuilleton, vraag je. Natuurlijk gaat het weer over Hugo en mij. Kijk eens aan, ik zeg Hugo en dan spits jij je oren, dat dacht ik wel. Nou, je krijgt eindelijk je zin, hoor, ik heb hem gedumpt.

Er blijft mij trouwens weinig anders over, mag ik wel zeggen.

Moet je horen.

Vanmiddag ben ik gaan statten en ik ben koud thuis of ik denk: ik ga terug voor dat tasje. Het is afgeprijsd, ik heb er al mee in mijn handen gestaan. Maar het doet toch nog steeds vijfhonderd piek en dat is niet helemaal niks, voor een tasje. Zeker niet als je, zoals ik, al tig tasjes hebt. Maar een tasjesfreak blijft nou eenmaal een tasjesfreak, weet je. Mag het? Wat dat psychologisch betekent, zal me een zorg zijn. Zodra ik dit tasje zag, wilde ik het al hebben. De tint en het huidje en ook de vorm van een aubergine. Zo verleidelijk. Normaal was-ie zeventienhonderd ballen. Ik neem hem, dacht ik toen ik koud thuis was, ik neem hem. Het was kwart over vijf. Ik had ook al gezien dat er een fax lag van Hugo, dat hij toch maar bleef, na het congres, wat eten, wat drinken en dat hij niet ging rijden met alcohol op, dus dat hij in het hotel zou slapen en morgen pas thuiskwam.

Ik hoefde dus niks. We hoefden niet naar een restaurant, ik hoefde ook niet in wufte lingerie op de bank, ik kon gewoon weer gaan shoppen tot een uurtje of zes en me dan bij de Hema het schompes vreten aan worst en dan lekker in mijn groezelige pyjama voor de tv. Ik vreesde onderhand dat er allerlei lieden op mijn tasje aasden. Zo duur is het feitelijk ook weer niet, voor zo'n geraffineerd ding, met de hand gemaakt in Florence. Het schoot door me heen dat ik er wel op af móést, als ik het nog wilde hebben, want morgen, zaterdag, kon ik niet, omdat Hugo dan terug was en alle aandacht zou opeisen.

Kort en goed, ik scheur naar de stad. Kwart over vijf. Overal file en druk druk druk. Je begrijpt. Tanken blijk ik ook nog te moeten, dus het wordt echt haastje-repje.

Hebben ze natuurlijk ook nog alle stoplichten op rood staan. Normaal kun je op de Rijksstraatweg gewoon in één ruk doorsperen. Daar waar vroeger de dierentuin was, passeert me van rechts zo'n gast, in een BMW uiteraard. Terwijl ik al honderdtwintig rijd en je daar zeventig mag! Wou die toch net effe eerder bij het stoplicht wezen dan ik. Ik kijk opzij, hij staat naast me, want ik sta op het baantje voor linksaf maar ik hoef natuurlijk niet linksaf, en dat ga ik ook niet, ik ga gewoon lekker rechtdoor zo meteen. Dat wordt even douwen en doorgassen, maar daar zit ik niet mee. Ik laat me niet van rechts door zo'n Kluivert passeren; zie hem liggen achter zijn stuur, op zijn gemak zuipt hij een blikje cola leeg en keurt mij zogenaamd geen blik waardig. Die zal ik dus even mijn achterkant laten zien. Als een projectiel sssschiet ik vooruit, het licht is nog maar nauwelijks groen, ik ssspuit ogenblikkelijk naar de middenbaan en ja hoor, hij heeft het nakijken, ik sssuis als een komeet voor hem uit, eerst vlieg ik laag, dan zweef ik als het ware over de daken. Het is heerlijk, iedere keer weer, om ze allemaal een poepie te laten ruiken en zeker zo'n ingebeeld rotjoch van nog geen twintig. Het lijkt wel of ik helemaal geen auto meer onder me heb, het lijkt wel of ik de ruimte in word gekatapulteerd. Of ik word gelanceerd in een maankegel! Iedereen wijkt opzij en alles laat ik achter me. Clap hands, here comes Margie. Mijn adrenaline bruist heftig en ik blijf nog een hele tijd in mijn kick.

Op zeker moment dacht ik: afgelopen uit, nou is het wel mooi genoeg geweest! Maar het gaat maar door.

Zo'n beetje als een orgasme waar geen eind aan komt. Heb jij dat ook weleens? Als je moe bent of zo. Of in het prille begin van de liefde. Het gaat dus maar door, wat ik niet erg vind, want het is lekker, hoor, maar ik word er wel licht van in 't hoofd. Het tolt en rommelt een beetje. Er ging een lichtje in me op, dat die confrontatie met de knul in de BMW natuurlijk een near miss is geweest, ik gaste nogal niet te weinig en het zal best dat ik de lak van zijn kar heb geschroeid, want met de mijne zit je toch in een paar seconden ook over de honderd. Tja... Maar wat ik nou dacht, was dat ik, zonder dat ik er erg in had, in een soort langdurige shock verkeerde. Begrijp je, ik dacht: mijn geest kent mijn rijstijl ondertussen, dus die blijft bij de les, die werkt rustig verder aan het programma, dat luidt: op naar de stad om een tasje te kopen. Maar het primitieve lijf kan het niet bijbenen. Het lijf is natuurlijk nog niet geëvolueerd boven het holenstadium uit, dus het kan laten we zeggen met moeite de snelheid van een hardloper behappen. Dus dat lichaam zit op apegapen wat na te hikken. Vergelijk het maar met een jetlag. Ik heb vanwege mijn snelheid een soort jetlag gekregen, dacht ik, maar wat kon ik eraan doen? De wagen aan de kant zetten en een paar minuutjes uitpuffen? Ik moest natuurlijk wel mijn tasje nog halen.

Heel vervelend is dat ik door het lichamelijke aftereffect nogal slecht zie, ik kan nog niet eens op mijn klokje zien hoe laat het is. Ook is om me heen de schemering ingevallen. Het leek bovendien of het plotseling was gaan misten, ik veronderstelde dat er een zeevlam was komen opzetten, want ik ging met zonneschijn weg. Bij de dierentuin moest ik zelfs het klepje in de wagen nog naar beneden knallen vanwege die hinderlijke laagstaande zon. Maar ja, het is alweer wintertijd. Dan wordt het vroeg donker.

Daarom wilde ik de tijd weten, maar ik kon het niet zien. Mijn pols bracht ik zo ongeveer onder mijn neus, maar ik zie niet eens een pols en verder, het interesseert me eigenlijk geen zak. Ik bedoel: ik wilde wel een beetje weten hoe laat het was maar het interesseerde me ook eigenlijk geen ene moer meer. Tijd doet er niet toe! Je kent het wel, van als je een goeie trip hebt. Maar ik heb niks genomen vandaag, al heb ik vanmiddag nog wel staan aarzelen op de plee van v&d toen ik zo in- en intreurig was van al die burgerlijke bulletjes en al die koopzieke grauwe permanentjes in windjackjes om mij heen. Misschien heb ik gedachteloos staan snuiven, soms is het gebeurd voordat je het weet. Maar goed, ik laat me nooit uit het veld slaan door wat het ook is, snuif, jetlag of shockje, je kent mijn discipline: the show must go on. Ik ging weg voor een tasje, dus wat ook geschiedt, ik houd één ding koppig voor ogen: Margie komt straks thuis met een tasje.

Stond die teef in de winkel me niet te woord. Bleef ze bezig met een moeder en een dochter die een boodschappentas moesten hebben. Een boodschappentas, mind you. Ik stond te springen en te gebaren, keek ze dwars door me heen, op die winkeljuffenmanier, weet je wel, alsof er een hond op haar stoep zit te schijten. Alle nobele eigenschappen van alle Big Shoppers daar stond ze breed uit te meten. Weet je wat, dacht ik ineens, ik hoef jouw tasje niet meer. En dat was geen groothouden van mij, Simone, dat meende ik van ganser harte. Dat hele mooie tasje liet me ijskoud. Mijlenver was ik plotseling boven iedere begeerte gerezen. Maar dat is verwarrend, dat zal ik je zeggen.

Simone, luister, kun jij je dat voorstellen, hoe dat is: boven iedere begeerte te zijn verheven? Ik wist niet wat me overkwam, ik had het niet eens meteen door.

Ik merkte het pas toen ik die winkel verliet zónder tasje en buiten oudergewoonte uit ergernis naar mijn pakje Bastos zocht.

Ach, laat ook maar, dacht ik toen.

Ach, laat ook maar, denk ik en ik bevind me tot mijn verbazing in een wollige stemming van algehele tevredenheid. Ik hoef niet te roken, ik hoef niet te drinken, ik hoef geen dope. Niks hoef ik meer. Met ongekende tederheid denk ik aan Hugo. Zat die stakker na zo'n zwaar congres weer alleen te tafelen, was hij daar de enige loslopende hond.

Want reken maar dat alle vrouwtjes van zijn collega's wél waren gekomen, picobello uitgedost en beschaafd opgemaakt. Ik de egotripper heb het weer laten afweten, omdat ik baal van zijn pedante collega's en nog heviger van hun bekakte Miepen, ik ben niet naar de nazit van dat congres gegaan omdat psychotherapeutengekwaak mij sowieso de strot uit komt en alle sociale blabla me gestolen kan worden.

Flakkerde er iets in me op wat op schuldgevoel leek? Ja Siem, ja zeker.

Voor ik het wist stond ik in Noordwijk waar het congres was. Ik liep rond in de Gele Zaal waar ze altijd hun borrel na afloop hebben en de borrel is in volle gang, maar Huug was er niet. Ze deden weer eens allemaal alsof ik lucht was, behalve de oude Hildesheimer dan, die wij vorig jaar nog hebben helpen begraven, dacht ik, maar goed, ik vergis me wel vaker, in verjaardagen trouwens ook. Daar stond hij toch heus, de oude reus Hildesheimer, pokdalig en aanhalig als vanouds. Hij ging zowat uit zijn dak toen hij me zag en volgens mij was hij ladderzat, maar hij was helemaal uit het veld geslagen toen ik zei dat ik hier niet voor hem kwam maar voor Huug.

'Hopeloos geval, wees blij, Margie, dat je je daar niet meer druk over hoeft te maken,' zei hij, en hij vertelde dat Hugo er al na de ochtendvergadering vandoor was gegaan.

Je raait natuurlijk wel, wat ik toen dacht, lieve Simone.

Ik dacht: Huug zal toch niet wéér???

Ik dacht: jullie zullen toch niet nóg eens opnieuw?

Wij zijn moderne, ruimdenkende mensen, ja, dat zijn we, dus we zijn naderhand allemaal dikke kameraadjes gebleven, ja toch, jou hoef ik niets te vertellen, toch.

Simoontje! Jij en ik, wij zijn ondanks wat er gebeurd is, verklaar ik plechtig, nog altijd de beste vriendinnen, zoals we dat al in de schoolbanken waren. En mijn huwelijk met Huug heeft maar een heel klein beetje onder dat geflikflooi van jullie geleden. Maar dat ik er absoluut geen pijn aan heb gehad, nee, dat kan ik ook niet beweren. Het heeft een hele poos geduurd voordat ik eroverheen was, dat mag je best weten en dat wist je ook wel, is het niet? Dus je mag me niet kwalijk nemen dat ik eventjes dacht: hij zit weer met Siem in ons huisje in Bergen aan Zee.

Ja dus.

Nee lieverd, schrik maar niet, 't is maar half waar, jij was er niet, maar hij wel. Nou en of.

Met Eefje. Eefje het slimme teefje. Zij is de nieuwe zon aan zijn firmament. Eigenlijk wist ik het wel.

Maar ik wilde het wederom niet geloven. Net zoals toen met jullie, dat heb ik toen ook niet geloofd, eerst.

Jij kent Eefje niet. Daar hoef je niet rouwig om te zijn. Zij is zijn nieuwe collega in de vakgroep. Nee, schat, wind je niet op, je hebt haar nooit gezien en je mist er niets aan. Neem Claudia Schiffer en vermenigvuldig die met min één. Dan krijg je Eefje. Zo'n trol met een badmuts op haar kop, denk je eerst, maar die badmuts, dat is dan haar haar. Ze is in totaal ongeveer een meter hoog en ook een meter breed. Ze is om te zien een zelfgebreide mongool, maar vergis je niet, ze is net professor geworden. Make-up doet ze niet aan, ze draagt gewoon een bril. Met een jaren-vijftigschildpadmontuur, ongelogen. Grote onderbroeken draagt Eefje ook, daar ben ik nu dus achter gekomen, al is het tegen wil en dank. Een bungalowtent van ongebleekt katoen, of karton, daar leek het meer op. Met een klep aan de achterzijde.

Stel je voor.

Ze staat daar met bril op, met verder niets aan, behalve dan die kartonnen broek. Ze staat parmantig te billendraaien op muziek van nou, ik geloof Pink Floyd of nog kolere langer geleden. De beide professoren! Ze staan te billendraaien in onze leuke kamer. Ja, die leuke kamer met uitzicht op zee. En dan doet ze de tent van achteren tergend traag open. Ik voor mij zie slechts dat er een kont te voorschijn komt, die eruitziet als twee gigantische halfgare vloerbroden, maar wat wil het geval nou, ik zweer je, onze Hugo raakt in extase. Ik durf je zijn opwinding niet eens te beschrijven. Hij krijgt een paal, zeg, zo'n paal, laat ik je uit discretie de beschrijving besparen. Kleur, vorm en afmetingen: onvertoond! Zoiets heb ik in onze beste dagen nooit bij hem mogen aanschouwen. Jij wel soms?

Overbodige vraag, maar herinner jij je het berberkleed dat voor de open haard ligt? Daarop knielde ons tweetal in alle haast neer.

Misschien geloof je me niet, maar ik keek ernaar en ik heb er onthecht van genoten.

Het vuur in de haard brandde en de vlammen wierpen een grillig schaduwspel over hun zwoegende en zwetende lijven.

En wat nu het gekke is: dat deed me aan iets denken van vroeger, aan iets van jou en mij samen, van heel lang geleden.

Siempie, het deed me denken aan toen wij nog geen twaalf jaar waren en die film gingen zien, weet je nog wel, waarin ze ook zo hartstochtelijk bij een houtvuurtje voosden, toe nou, hoe heette die film ook weer? *Le diable au corps*. Dat was het: *le diable au corps*. Wat waren wij onschuldig en wat was het leven nog mooi en spannend.

Ik stond buiten voor het raam van ons huisje in Bergen aan Zee. Hoe lang ik daar heb gestaan, weet ik natuurlijk niet, want voor mij telt tijd niet meer. Ik ben weggegaan. Wat moest ik daar nog?

Ik doolde dromerig rond. Rare figuren ben ik tegengekomen. Die Hildesheimer weer. En Olga ook, herinner je je arme Olga? En jouw moeder zag ik. Begon ik toen eindelijk te begrijpen in welke toestand ik was? Een vent, die van oude lappen aan elkaar hangt en die steeds als een misthoorn om ons heen loopt te loeien, brulde onderweg tegen mij dat ik mijn allerlaatste energie niet zo stom moet verspillen. Nog steeds had ik geen idee van wat er echt aan de hand was. Jij wel, hè?

Jij weet het nu, hè? Jij hebt het door.

Het is voor mij finito. Voorbij.

Maar ik mag nog één vraag beantwoorden, dat is het goed recht van iedereen die dit tranendal verlaat. Eén vraag, over alles tussen hemel en aarde.

Stel jij mij die vraag maar, Siem, jij bent tóch mijn beste vriendin.

Ik had de vraag eigenlijk voor Hugo bewaard, dat is waar, want je weet hoe geïnteresseerd hij is in gene zijde, maar eh... ik kreeg hem niet te spreken, hij was te druk bezig. Hugo had dus even geen tijd. Bof jij weer!

Alle vragen zijn geoorloofd, lieve Simone, maar je hebt er maar één. Dus denk goed na wat je vraagt.

O, je bent al zover, bijdehand. Jij wist al wat je wou vragen.

Wat zeg je? Hoor ik dat goed? Praat eens wat duidelijker, tutje, kap met dat achterlijke gesnotter. De laatste vraag is een voorrecht!

Een geschenk! Het komt heus niet iedere dag voor dat een sterveling even in het Grote Boek mag loeren, een glimpje misschien van de eeuwigheid mag zien. Want hou er wel rekening mee, lieve schat, dat ik niet uit mijn nek zit te kletsen vanuit een zogenaamde BD-ervaring, ik geef je the real thing, de pure kennis en ervaring van de D! Honderd procent.

Maar wat zit jij te mompelen? Ik weiger dit te geloven! Hoor ik je nou werkelijk vragen of ze het déden?

Of ze het echt déden, wil ze weten. Anders niet? God sta me bij.

Goed dan, kind, het is jouw vraag. Welnu, als Hugo zijn snikkel niet kwijt was of zijn leesbril, weet ik veel, als hij die toevallig niet zocht tussen Eefjes mollige leden, als dat níet het geval was, dan deden ze het, jawel. Zeker weten. Ik kan er niets anders van maken. Tevreden, Simone?

Nee liefje, niet op de valreep vragen hoe het hier is en waar ik nu ben of waar ik heen ga. Dit was het, de vragen zijn op. Ik kan niets meer zeggen.

Slaap wel.